LA BRIGADE DES FOUS

LA BRIGADE DES FOUS

Blackzone

PHILIP LE ROY

Collection dirigée par Guillaume Lebeau

RAGEOT ✸ THRILLER

I know that we are young.
(Lady Gaga)

Cet ouvrage a été imprimé sur un papier
issu de forêts gérées durablement,
de sources contrôlées.

Couverture : © PeskyMonkey/Getty Images.

ISBN : 978-2-7002-3627-9
ISSN : 2259-0218

Niveau zéro
TROIS… DEUX… UN…

1.

Bertrand Sauveur courait sur la Croisette inondée.
Il était seul.
Trempé jusqu'aux os.
Au bord de l'asphyxie.
La pluie dégoulinait sur son visage. Le Palm Beach était dans sa ligne de mire, à l'autre bout de la baie de Cannes. Il monta le volume de son baladeur numérique pour injecter du son et du rythme dans son organisme.

I know that we are young
And I know that you may love me
But I just can't be with you like this anymore,
Alejandro...

Le tempo modéré de cent battements par minute, la tonalité en si mineur et les paroles de Lady Gaga le relancèrent.

Son petit-fils lui concoctait les *playlists* qui mettaient en musique son jogging quotidien. Bertrand Sauveur traversait la soixantaine avec un cœur et un esprit encore jeunes. À condition de courir régulièrement, de privilégier l'iPod sur le Sonotone et d'écouter une chanteuse à la mode qui s'habillait avec des steaks.

Ale-ale-jandro...

Flac ! Flac !... Flac ! Flac !...

La cadence mécanique de ses semelles sur le revêtement mouillé se cala sur celle de la musique. Jamais il n'avait foulé une Croisette aussi désolée. Les plages de sable fin et les palaces majestueux qui la surlignaient faisaient grise mine sous les nuages noirs. La baie de Cannes avait des allures océanes. Mais le mauvais temps n'avait pas dissuadé Bertrand Sauveur de sortir.

Au niveau de l'hôtel Carlton, un homme assis sur un banc attira son attention. L'individu impassible avait le regard braqué sur la mer agitée. Bertrand Sauveur évita de justesse une flaque, faillit se tordre la cheville et se concentra à nouveau sur le Palm Beach qui dansait à l'horizon.

Don't call my name...

Il effectua son demi-tour à la pointe de la Croisette et attaqua le retour sous l'averse qui redoubla d'intensité. Robbie Williams le galvanisa en entonnant *Bodies* dans ses oreilles.

All we've ever wanted
Is to look good naked...

Bertrand Sauveur n'était pas un amateur de pop music. Il préférait Aznavour et Pavarotti à Gaga ou Mika. Mais ces derniers lui permettaient de rester dans la course.

I want perfection...

À l'approche du Carlton, des images de douche brûlante et de boissons chaudes commencèrent à noyauter son mental. Il lui tardait de rentrer, maintenant.

Il recroisa le mystérieux individu, assis sur le banc face aux embruns. Celui-ci n'avait pas bougé. Bertrand Sauveur s'arrêta et sautilla sur place pour maintenir son rythme cardiaque. Devait-il intervenir ? Lui proposer son aide ?

Il cessa de gigoter pour poser la main sur l'inconnu qui semblait recroquevillé sous le déluge. Sa position avait quelque chose d'anormal.

Cela venait de ses jambes.

L'une d'elles était étonnamment plus courte que l'autre.

– Monsieur ?

Bertrand Sauveur le secoua. Un bras tomba à terre. Le corps de l'homme bascula sur le banc en laissant une jambe sur place.

Sauveur cria, s'écarta horrifié, chercha un secours improbable autour de lui. Son regard paniqué buta sur une autre personne assise elle aussi sur un banc, cinquante mètres plus loin. Il s'en approcha comme dans un cauchemar.

Il la contourna sans la toucher et se retrouva face à un cadavre dont le visage avait été arraché. Il ne restait qu'un trognon de tête posé sur le cou. Sauveur entendit un hurlement derrière le rideau de pluie. Il se tourna sur une immense masse sombre qui fendait l'averse et fondait sur lui. Le choc le projeta en l'air et le sonna avant qu'il ne retombe.

Waka, Waka, eh ! eh ! chantait Shakira à ce moment-là.

Niveau un
DIEGO

2.

Lorsque Bertrand Sauveur reprit connaissance, le décor n'avait pas changé. Le mauvais temps continuait de s'abattre sur la Croisette. Ce qui différait, c'était la foule autour de lui. Une foule en uniforme, flashée de rouge et de bleu par des gyrophares.

– Vous avez failli être la troisième victime, l'informa un policier avant d'appeler son chef.

Bertrand Sauveur avait reçu un violent choc au plexus et un coup au crâne. D'autres contusions témoignaient d'une mauvaise chute. Il se sentit soulevé sur un brancard que l'on glissa dans une ambulance. Le capitaine Baraillé se pointa et l'assaillit de questions. Mais Bertrand n'avait pas grand-chose à déclarer. Il comprenait à peine ce qui lui était arrivé.

– Vous êtes passé près de ces types sans vous inquiéter de ce qu'ils foutaient là, assis sous des trombes d'eau ? s'énerva le capitaine.

– Si je devais me préoccuper de tous les gens qui ont un comportement étrange sur la Croisette...

– Jouez pas au plus malin. Si l'automobiliste qui vous a vu effectuer un vol plané avait raisonné comme vous, il ne serait pas intervenu et vous seriez en train de vous faire découper par ce dingue.

Dans le dos du capitaine dont la carrure obstruait la moitié de la porte arrière de l'ambulance, Bertrand Sauveur aperçut une masse gigantesque entravée et encadrée par deux gendarmes qui avaient l'air de Lilliputiens à ses côtés. Le forcené avait le visage basculé en arrière, tourné vers les nuages, martelé par la pluie, défiguré par d'insupportables geignements. Ses membres disproportionnés malmenaient les forces de police qui finirent par lui bombarder un dard de 50 000 volts. La décharge lui fit l'effet d'une piqûre de moustique. Il fallut trois tirs de pistolet à impulsion électrique et quatre policiers pour calmer le tueur. En soixante-quatre ans, Bertrand Sauveur n'avait jamais vu une créature aussi terrifiante. À part peut-être au cinéma.

3.

La porte se referma derrière le psychiatre qui perçut des grognements au fond de la cellule. Bien que le prisonnier fût bourré de sédatifs et entravé, le docteur Merker hésitait à avancer.

– Il est bien attaché ? demanda-t-il au gardien en faction dans le couloir.

– Vous inquiétez pas, docteur, avec tous les tranquillisants qu'on lui a injectés, il y aurait de quoi assommer un troupeau de taureaux. À moins de se manger les chevilles et les poignets, il ne peut pas effectuer plus d'un pas.

Le psy s'assit sur le bord de la paillasse. Le dossier concernant le prisonnier était mince. Identité inconnue, race blanche, âge indéterminé, entre dix-huit et vingt-cinq ans, un mètre quatre-vingt-dix-neuf, cent vingt kilos. Le forcené n'avait formulé jusqu'ici que des propos incohérents.

– Comprenez-vous notre langue ? attaqua Merker.

Sa question demeura sans réponse. Il la réitéra en insistant sur chaque syllabe. En vain. Il se mit debout brusquement pour provoquer une réaction.

Le détenu leva enfin la tête. Des pétarades firent sursauter le docteur. Son patient était en train de tirer une langue épaisse et courte tout en soufflant sur la longue frange de cheveux blonds qui lui masquaient la figure et l'aveuglaient. Des mèches se soulevèrent sur un visage rond et rose. Merker entrevit des yeux légèrement bridés, un petit nez, une mâchoire étroite, un large cou. Un grognement mêlé d'étranges onomatopées témoignait d'une nervosité que les doses massives de sédatifs n'avaient pas dissipée. Le psychiatre se pétrifia, bouche bée, bras ballants, comme hypnotisé.

– Ouvrez-moi ! appela-t-il.

– Que se passe-t-il ? s'inquiéta le gardien.

– Le prévenu... ! Personne n'a rien remarqué ? Il présente une morphologie de trisomique !

4.

Le docteur Anton Sheffer entra dans le bureau du capitaine Baraillé qui se tenait debout derrière son bureau.

– Installez-vous, Anton.

Les deux hommes se connaissaient car ils avaient déjà collaboré sur un cas difficile : celui d'Adrien, un jeune adolescent albinos de treize ans qui avait séquestré ses voisins pour les protéger de Sephiroth, le méchant du jeu vidéo *Final Fantasy*. Sheffer avait établi qu'Adrien était devenu pathologiquement dépendant aux jeux sur écran. Lorsqu'il avait été appréhendé, le jeune garçon, totalement livré à lui-même, y consacrait vingt heures par jour, pesait quarante kilos, ne se lavait plus et se prenait pour le héros de ses jeux vidéo. Adrien avait été admis dans la clinique que Sheffer dirigeait à Nice sans que les parents du jeune garçon, qui passaient la majeure partie de leur temps à Los Angeles, aient manifesté la moindre objection.

Le capitaine avait apprécié le talent de Sheffer pour communiquer avec l'adolescent perturbé.

Néanmoins, le peu de disponibilité de ce pédopsychiatre réputé réduisait Baraillé à ne solliciter son intervention qu'en dernier recours.

– Je sais que votre temps est précieux, mais je ne m'en sors pas, avoua le capitaine.

Il lui rapporta le double crime de la Croisette et l'arrestation du forcené, en passant sous silence que ses hommes ne s'étaient pas aperçus tout de suite que le prévenu était atteint du syndrome de Down. L'autopsie des cadavres et un entretien psychiatrique leur avaient révélé deux informations : le tueur se prénommait Diego et l'une des deux victimes était son père.

– C'est tout ce que l'on a pour l'instant.

– Un seul entretien psychiatrique ? s'étonna Sheffer en lisant le rapport.

– Le prévenu a réussi à libérer une de ses mains au cours de la séance. Ce type est d'une force incroyable. Il a pris le psy par le cou et l'a soulevé du sol avant de le balancer contre le mur comme une poupée de chiffon. Le docteur Merker s'en est tiré avec trois côtes cassées et un déplacement de vertèbre. Inutile de vous dire qu'il ne veut plus entendre parler de ce patient.

– Entre dix-huit et vingt-cinq ans ? Vous y allez à la louche.

– Quand vous l'aurez vu, vous comprendrez qu'avoir obtenu son prénom et le lien de parenté avec une de ses victimes, c'est déjà pas mal.

– Et l'autre victime ?

– On ne l'a pas encore identifiée.

– Ah.

– D'où ma décision de faire appel à vous. On a un témoin qui n'a rien vu et qui a failli se faire massacrer lui aussi. La seule personne qui sait ce qu'il s'est réellement passé est un ours trisomique.

– Qu'est-ce qu'il portait sur lui ?

– Vous avez tout dans le dossier.

Lors de son arrestation, Diego était vêtu d'un bonnet, d'une salopette, d'une surchemise en flanelle et de chaussures montantes en néoprène. Dans ses poches, on avait trouvé un couteau ébréché, du fil de nylon, trois anneaux d'aluminium, un élastique en forme de requin et trois pièces de deux euros.

5.

À la requête du docteur Sheffer, le prévenu fut conduit à la cantine du commissariat. Les lieux avaient été évacués.

Entravé aux pieds, doublement menotté dans le dos, escorté par quatre policiers armés de pistolets à impulsion électrique réglés sur cent mille volts, Diego entra dans le réfectoire en produisant une cacophonie de cliquetis, de soupirs gutturaux et de crissements de semelles.

Anton Sheffer l'attendait devant le distributeur automatique de boissons. Il demanda à ce que l'on détache les mains du prisonnier. Un policier s'exécuta pendant que les trois autres se dispersaient dans la pièce. Sous le contrôle du capitaine Baraillé, ils armèrent leur pistolet. Diego resta pantois.

Sheffer avança en lui tendant la main. Le tueur le regarda de guingois derrière ses longs cheveux blonds qui lui cachaient les trois quarts du visage. Dans la paume du pédopsychiatre brillait une pièce de deux euros.

Diego grogna, clopina en tirant sur ses chaînes, rafla la pièce.

Les index se crispèrent nerveusement sur les détentes.

Sheffer s'écarta du distributeur de sodas et invita le prisonnier à introduire la pièce dans la fente. Diego s'exécuta, regarda son pot tomber dans la petite fosse, glissa sa grosse main dans le volet à ressort pour sortir la canette, la dégoupilla en faisant gicler de la mousse, empocha l'anneau d'aluminium, avala d'un trait le Cola pétillant, rota et froissa la boîte comme une feuille de papier.

Sheffer le pria de s'asseoir à une table en face de lui. Il lui offrit une barre chocolatée que Diego engouffra telle une cacahuète.

– Encore ? demanda le psy.

– Encoore, répéta Diego.

Sheffer alla chercher une autre confiserie et la posa sur la table en même temps que le couteau ébréché. Le colosse fit disparaître le canif dans son poing qu'il serra contre sa poitrine, délaissant la barre de chocolat. L'objet était cher à son cœur.

Sheffer sortit l'élastique en forme de requin. Avec la même fougue et les mêmes grognements, Diego le passa autour de son épais poignet. Sheffer commença l'interrogatoire.

– Où est ton papa ?

– Papa ! Je veux... Je veux mooon papaaa... Je veux...

– Où est ton papa ?

– Mon papaaa... Mon papa fait doodoo... mon papa... Mon pa...

– Sur le banc ? Ton papa fait dodo sur le banc ?

– Mon papa fait dodooo sur le banc… Mon papa…
– Diego est un homme ?
– Diegooo.
– Comme papa ?
– Nooon. Pas cooomme…
– Diego est un petit garçon.
– Non, paaas petit garçon, ahana-t-il en cognant son front sur la table.
– Diego est un jeune homme.
– Jeuuuuune.
– Gâteau ?
– Booon… gâââteau…
– Souffler ?
– Bougies… Souffler bougiiies…
– Beaucoup de bougies ?
– Bougiiiiies…
– Cadeau ?
– Click-clack blaoooow !…

Diego se frappa la poitrine, croisa ses avant-bras, pointa le sol avec rage, se plia en deux, les poings dans les poches. « Click-clack… ! » Les flics réduisirent le cercle autour de lui, prêts à cracher leur venin électrique.

« Blaoooow ! » hurla Diego. Sheffer leur intima de ne pas intervenir. « Click-clack blaoooow !… gue'back ! Click-clack blaoooow… »

Diego se frappa la poitrine, tendit ses mains vers l'avant. « Click-clack blaoooow… », scandait-il en écartant les bras avant d'imiter avec sa bouche des scratchs et des percussions.

Au terme de sa démonstration, le colosse saisit une chaise qu'il balança contre le distributeur. L'appareil explosa sous l'impact. Un mince filin traversa la pièce, une électrode se planta dans la poitrine de Diego qui plongea le poing dans la carcasse éventrée du distributeur. Il en ressortit une nouvelle canette de Cola qu'il transforma en geyser entre ses doigts.

– Nooon ! cria Sheffer en voyant deux autres fils électriques jaillir des pistolets.

Les dards se fichèrent dans le corps du forcené, bloquèrent son système nerveux à coups de décharges. Diego se paralysa, chancela, suffoqua, s'écroula dans les sodas.

6.

Les flics ramenèrent Diego complètement groggy jusqu'à sa cellule.

– Bon sang, à quoi vous jouez, Sheffer ? s'exclama le capitaine Baraillé. Il aurait pu vous tuer !

– Dans quel but ?

Le policier lui montra son pouce et son index séparés de quelques millimètres :

– La chaise est passée à ça de votre crâne.

– Ce n'est pas moi qu'il visait.

– Vous avez compris quelque chose à son charabia ?

– Il semblait scander de l'anglais. « Get back click-clack blaow ». Cela signifie quelque chose d'important pour Diego. Cette formule a jailli dans son esprit quand j'ai prononcé le mot inducteur « cadeau ». Il associe ces mots à son cadeau d'anniversaire.

– Ça ressemblait à une menace pourtant.

– C'est vous qui représentez une menace. Vous auriez pu le tuer avec vos armes électriques.

– Il peut encaisser bien plus, croyez-moi.

– Il n'y avait pas d'agressivité dans son comportement. Plutôt de l'amour, surtout pour son père qu'il associe au canif et au bracelet en caoutchouc.

L'absence de la mère est manifeste. Probablement décédée ou séparée. Le père lui a appris à se servir d'un distributeur de boissons. Cela explique les pièces de deux euros dans sa poche. Comme des jetons. Je n'imagine pas Diego frappant son père à mort.

– C'est votre avis. Il nous faudrait des preuves.

– Mon avis compte, sinon vous seriez en train de me faire perdre mon temps.

– Ce type ne se contrôle pas. Il a étripé deux victimes, blessé un médecin et failli tuer six de nos hommes.

– On aurait dit qu'il chantait.

– Quoi ?

– *Get back click-clack blaow !*, tenta Anton Sheffer sur un air de rap.

– Vous croyez que c'est une chanson ?

– Est-ce que quelqu'un s'y connaît en slam ou en rap dans votre commissariat ?

– On a un type en garde à vue qui doit sûrement s'y connaître, dit l'un des brigadiers.

– Allez me le chercher tout de suite, commanda le capitaine.

Le policier revint avec un sexagénaire élégant vêtu d'un smoking.

– Vous êtes certain qu'il s'y connaît ? s'étonna le capitaine.

– Il n'a pas arrêté de chanter cette nuit en cellule de dégrisement.

Baraillé s'adressa au prévenu :

– Vous chantiez quoi ? *Carmen ?*

– Pour être tout à fait franc, je n'en ai pas le moindre souvenir, répondit l'homme avec un fort accent anglais.

– Si je vous dis « click-clack blaow » sur un air de rap, je suppose que ça ne vous évoque rien.

– *All I'm tryin'a say is get back click-clack blaow ?* suggéra le prévenu sans grande hésitation.

– Quoi ? s'étonna le capitaine.

– Ce sont les paroles de *Not afraid* d'Eminem.

– Vous pourriez nous fredonner ça ? demanda Sheffer.

L'Anglais regarda autour de lui pour vérifier qu'on n'était pas en train de se payer sa tête.

– Allez-y, ordonna Baraillé.

– Je chante faux.

– On n'est pas à l'Eurovision. C'est ça ou je vous renvoie au trou !

L'homme remit son nœud papillon à l'horizontale, arrangea ses boutons de manchette, releva le menton, se racla la gorge et s'exécuta solennellement comme s'il allait entonner l'hymne britannique.

– *I'm not afraid to take a stand… Everybody come take my hand…*

– C'est pas le même air, le coupa le capitaine.

Sheffer suggéra d'aller un peu plus loin dans la chanson.

– Je ne connais pas toutes les paroles par cœur, s'excusa le vieux dandy.

– Concentrez-vous sur le passage qui contient « click-clack blaow ».

L'homme bougea un peu pour se donner une contenance, adopta l'allure d'un rappeur distingué et entama le morceau à mi-couplet :

– *Relax, I ain't going back to that now… All I'm trying to say is get back click-clack blaow… cause I ain't playin' around…*

– C'est ça ! cria Sheffer en levant l'index.

Le capitaine, lui aussi, reconnut l'air claironné par Diego.

– Qu'est-ce qu'on fait de cette information ? demanda-t-il à Sheffer.

Le psychiatre interrogea le vieil Anglais :

– De quoi parle cette chanson ?

– Eminem semble décidé à prendre un nouveau départ dans la vie et à nous montrer la voie.

– Comment se fait-il que vous connaissiez ce titre ?

– C'est le seul chanteur que je connaisse qui soit capable d'aligner quinze rimes dans un seul vers. Ne trouvez-vous pas que ces paroles sonnent sacrément bien ? Ses textes sont mémorables.

– Ses concerts aussi ?

– Seriez-vous en train d'enquêter sur Eminem ? De quoi est-il suspect ?

– Répondez ! commanda le capitaine.

– Je n'ai jamais vu Eminem en concert. Je ne connais que ses vidéoclips…

– Pourquoi n'êtes-vous jamais allé le voir en concert ? demanda Sheffer.

– Qu'est-ce que vous voulez savoir exactement ?

– Je l'ignore encore. Donnez-moi des réponses sans chercher à tirer de conclusions par vous-même. Pourquoi n'avez-vous jamais assisté à un concert d'Eminem ?

– Il vient rarement en Europe.

– Était-il en tournée récemment ?

– À ma connaissance, le seul concert qu'il ait donné cette année était celui de Barcelone.

– Et vous l'avez raté ?

– Je ne pouvais pas m'y rendre.

– Cela vous aurait fait un beau cadeau.

– Un cadeau ? Pourquoi m'aurait-on fait ce cadeau ?

– Pour votre anniversaire, par exemple.

L'Anglais fixa Sheffer sans comprendre.

– Diego y était peut-être, avança le psychiatre. Cela aurait été son cadeau.

– Quoi ? s'étonna le capitaine.

– Je parie que le père de Diego l'a emmené au concert d'Eminem à Barcelone pour son anniversaire. Il aurait fait ça pour son fils. Un lien fort les liait, je vous l'ai dit.

– Pourquoi Diego aurait-il agressé le témoin s'il était innocent ?

– Peut-être qu'il essayait de protéger son père. Il n'avait pas encore pris conscience de sa mort.

– L'autre personne, qui est-elle alors ?

– Comment voulez-vous que je le sache ?

– On a l'impression que vous lisez en ce type à livre ouvert.

– Il y a un point important qui vous a échappé depuis le début.

– Lequel ?

– Diego n'a pas plus de seize ans.

– Vous êtes sûr ?

– Il faut que je l'interroge plus longuement. J'arrive à communiquer avec lui par associations d'idées. Je vous propose de le prendre dans ma clinique pour le soigner et découvrir ce qui s'est passé sur la Croisette.

Niveau deux
LA CITADELLE

7.

La berline franchit le col de la Bonette plus rapidement que ne l'autorisait la prudence. Piquer des pointes à cent kilomètres à l'heure sur cet ancien chemin muletier reconverti en plus haute route goudronnée d'Europe requérait une habileté au volant que le docteur Sheffer avait acquise au fil de ses nombreux allers et retours entre Nice et la Citadelle.

Sur le siège passager, Diego regardait défiler les forêts de mélèzes, les lacs émeraude, les sommets enneigés en écoutant un CD d'Eminem que le pédopsychiatre avait précautionneusement inséré dans le lecteur. Le paysage se serait plus volontiers accommodé des envolées pastorales de Beethoven.

Les pneus crissèrent dans un virage en épingle à cheveux. Le docteur et Diego avaient quitté Nice depuis une heure et demie dans la plus grande discrétion. Sheffer voulait rejoindre la Citadelle avant la tombée de la nuit. Il avait prévenu sa collaboratrice France Tournier de sa venue en compagnie d'un nouveau pensionnaire. Tout serait prêt à son arrivée.

La Saab vrombit en enfilant une série de sinuosités puis s'élança sur une ligne droite.

La neige blanchissait le relief alors que l'on était encore loin de l'hiver. Conséquence du réchauffement planétaire qui faisait fondre la banquise, déclenchait des hautes dépressions et refroidissait l'air sur l'Europe. Bientôt le col de la Bonette serait fermé. Et l'accès à la Citadelle interdit par voie terrestre. Cet isolement ainsi que la proximité avec la frontière avaient incité Anton Sheffer à utiliser cet ancien Centre d'instruction et d'entraînement au combat en montagne cédé par l'armée et rebaptisé la Citadelle pour y développer le programme Noé dans le plus grand secret.

Les murailles grises apparurent au détour d'une courbe, crevant la canopée d'une forêt de sapins à flanc de montagne. Les phares de la Saab percutèrent bientôt les portes métalliques gigantesques taillées pour le passage d'un char. Sheffer actionna leur ouverture avec une télécommande.

Les bâtiments accueillaient jadis cent trente militaires permanents et de nombreux stagiaires venus s'aguerrir avant de partir pour l'Afrique ou l'Afghanistan. Aujourd'hui, le camp abritait cinq pensionnaires encadrés par une ex-profileuse et un ex-militaire qui vivaient ici en autarcie.

La Saab traversa une immense esplanade déserte pour aller se garer devant le pavillon principal. Une jeune femme brune noyée dans un gros pull, suivie par un malabar blond en treillis sortirent sur le perron à la rencontre du médecin et de son nouveau patient.

France et Laurent.

La collaboratrice de Sheffer paraissait minuscule à côté du malabar. Une épaisse chevelure de jais, une peau mate, d'immenses yeux noirs, une grande bouche, un nez volontaire et des formes généreuses définissaient sa beauté qui s'élevait à un mètre soixante. Son job : traiter et éduquer les pensionnaires.

– Bonsoir Anton, dit-elle.

– Bonsoir patron, fit Laurent en écho.

Celui-ci était bâti comme Diego. Mais il maîtrisait le krav maga, méthode de combat rapproché israélienne qui lui donnerait l'avantage si l'adolescent se montrait récalcitrant. Laurent représentait l'ordre au sein de l'établissement. Ancien lieutenant de l'armée de terre, il assurait l'entraînement physique des cinq pensionnaires. Il guida Diego jusqu'à sa chambre pendant que France et Anton s'isolaient dans un bureau.

– Laurie s'est encore automutilée, déplora France. Je lui ai administré un sédatif.

– Et les autres ?

– Ils dorment. C'est qui ce Diego ?

– Une force de la nature. Je n'ai jamais vu ça.

– Syndrome de Down ?

– Oui. Je parviens à communiquer avec lui par associations d'idées. Son père devait procéder de cette manière. Le travail principal, c'est de l'amener à maîtriser la violence qu'il a en lui. Ce gamin est une tornade.

– Il lui reste de la famille ?

– Il n'avait que son père. Il est accusé de l'avoir tué.

– Parfait. Je le rencontrerai demain matin.

8.

Sem, Méline, Adrien, Gwendoline et Laurie étaient silencieusement penchés sur leurs bols de céréales lorsque France fit irruption dans le réfectoire pour leur présenter Diego.

Méline, jeune fille au crâne rasé, fut la seule à porter attention à ce sixième pensionnaire. Elle se leva d'un bond, révélant un corps élancé et musclé. Elle alla serrer énergiquement la main de Diego qui émit un son amical à travers un sourire tordu.

– T'es le nouveau ? Bienvenue, moi c'est Méline, tu vas voir c'est cool ici on fait tout nous-mêmes, et on apprend plein de trucs, c'est pas la prison, c'est mieux, moi j'ai perdu ma famille dans un accident, j'ai plus que ma grand-mère, dans une maison de retraite de toute façon, assieds-toi, c'est... euh... mieux que... Tu pratiques quoi comme sport toi ?

Méline parlait comme une mitraillette, sautait d'un sujet à l'autre dans la même phrase qu'elle finissait rarement. Elle souffrait d'hyperactivité. Laurent l'aidait à canaliser ce torrent d'adrénaline à travers la pratique des sports extrêmes dans l'air, sur terre, sur mer : base jump, sky surfing, moto-cross, escalade, snowboard, barefoot, high dive, apnée, funambulisme...

Méline avait quinze ans.

France lui demanda de se taire et de reprendre sa place.

– T'es aussi baraqué que ça ou bien c'est le tee-shirt ?

– Gwendoline, dit France en désignant la fille qui venait de s'exprimer.

Diego avala une onomatopée en se dandinant.

– Je me réserve le meilleur morceau, piaffa Gwendoline en lançant un clin d'œil à Diego.

– Ça suffit Gwen, tempéra France.

Jolie adolescente, Gwendoline s'emballait vite sur tout ce qui était nouveau, entrant dans des phases d'excitation, en particulier en présence du sexe opposé. Gwendoline souffrait de graves troubles bipolaires.

France invita Diego à s'asseoir à côté d'un jeune garçon aux cheveux blancs qui daigna enfin lever les yeux vers lui.

– C'est quoi son problème à X-Man ? marmonna l'albinos.

– Voici Adrien, commenta France à l'intention de Diego. Un dingue de jeux vidéo.

– Dieeegoo, bredouilla le jeune trisomique.

– Je crois que tout le monde a bien enregistré ton prénom, mec, dit Adrien.

– Pour répondre à ta question, Diego est atteint d'un déficit du développement cognitif qu'il compense par une force physique extraordinaire.

Adrien replongea le nez dans son bol sans avoir vraiment compris de quoi elle parlait. C'était lui que le docteur Sheffer avait admis dans son établissement au terme de sa collaboration avec le capitaine Baraillé. En dix mois, ses parents n'étaient venus le voir qu'une seule fois, à la clinique psychiatrique de Nice où Sheffer avait pris soin de le ramener à l'occasion de leur visite. Adrien avait développé une telle dépendance aux jeux vidéo qu'il lui faudrait du temps pour se réadapter à la vie réelle. Il avait récupéré une quinzaine de kilos et un meilleur teint, ce qui avait suffi à ses parents pour repartir la conscience tranquille dans leur résidence de Malibu Beach en Californie.

France acheva les présentations, sans que Laurie et Sem aient manifesté le moindre signe d'intérêt pour cette agitation matinale. Le déjeuner se poursuivit sans un mot, au son des aspirations et des bruits de cuillères.

9.

Comme tous les matins à huit heures, Laurent sonna le rassemblement dans la cour. Un vent glacé figea les six jeunes, alignés tels des soldats. Chaque journée de l'année commençait par quarante-cinq minutes de jogging et d'exercices dans la forêt. Une séance que détestait Gwendoline qui, malgré le froid, tenait à courir en short rose flashy fendu sur le côté. Ses jambes fuselées étaient allergiques au pantalon de survêtement informe qui, selon elle, lui conférait un look de plouc. Le look, c'était ce qui primait pour Gwendoline. Les cheveux blonds impeccablement relevés en une queue de cheval jaillissant de l'arrière d'une casquette pailletée, une superposition de petits hauts scintillants assortis au vernis à ongles et au gloss qui faisait briller ses lèvres, une paire de running de marque aussi blanches que si elles sortaient de la boîte, elle était parée pour courir à la traîne dans un tintement de bracelets aux coloris funky.

– Regarde-la cavaler, l'autre malade, ronchonna-t-elle en faisant allusion à Méline qui avait déjà distancé Laurent, occupé à coacher Diego.

– Qu'est-ce que t'en as à foutre, répondit Laurie à ses côtés, on n'est pas chronométrés.

Laurie n'était pas non plus une adepte du footing. Elle consentait néanmoins à ôter provisoirement ses accessoires gothiques pour enfiler un survêtement et donner quelques couleurs à son teint blafard piqueté de piercings et fardé de noir. La veille, elle s'était scarifié la cuisse. France l'avait néanmoins contrainte à courir ce matin. L'exercice musculaire était une excellente thérapie contre la dépression suicidaire et les pulsions d'automutilation qui caractérisaient Laurie.

– À la vitesse où le gros mongol se déplace, on a tout notre temps, ajouta-t-elle juste avant de trébucher sur une racine et de s'étaler par terre.

À neuf heures, les pensionnaires se retrouvèrent en salle de cours.

10.

Lorsque France Tournier entra dans la salle, chacun avait pris sa place. Sem était réfugié au fond de la pièce devant un ordinateur portable, captivé par une série de nombres qui défilaient sur son écran à une vitesse folle. Contrairement aux adolescents de son âge férus d'images et de sons, il était fasciné par les chiffres et les mots. Pour lui, le terme « paraskaviedekatriaphobie[1] » et le nombre d'or[2], dont il pouvait égrener les décimales pendant des heures, dépassaient en couleurs, en originalité et en beauté le plafond de la chapelle Sixtine ou une symphonie de Mozart.

Sem était ce qu'on appelle vulgairement un autiste savant. Il était aussi le fils d'Anton Sheffer.

Une main sur son épaule le fit sursauter.

– Tu es avec nous, Sem ?

Il leva les yeux sur une lumière blanche légèrement bleutée qui émanait d'un magnifique « 20 ». C'était comme ça qu'il voyait France Tournier. Il l'assimilait à sa mère, à cause de son aura opaline et de sa présence auprès de son père.

1. Phobie des vendredis 13.
2. 1,618 033 988 749 894 848 204 586 834 365…

Sem vit d'autres couleurs autour de lui mêlées à des nombres premiers, réalisa que tous les regards convergeaient vers lui. Gwendoline lui souriait en se limant les ongles, Méline battait nerveusement la mesure avec son pied, Adrien agitait ses pouces sur une Nintendo imaginaire et Laurie, qui avait récupéré ses oripeaux cryptiques et morbides, se martyrisait le bras avec un trombone.

Sem se sentit mal à l'aise. Il n'aimait pas attirer l'attention.

– Où... où est 6 ?

– Six ?

– Le nouveau.

Pour Sem, Diego était un six mauve.

– Il est avec ton père. Diego n'est pas encore prêt à vous rejoindre.

Après avoir capté le regard de Sem, France regagna le centre de la salle qui ressemblait à un plateau de jeu télévisé où les cinq élèves auraient incarné de jeunes candidats assis derrière des pupitres et des consoles reliées à une unité centrale.

Le programme éducatif de la Citadelle était à la mesure des élèves : très spécial. En dehors des activités physiques et sportives inspirées des entraînements militaires et martiaux, on y dispensait, via des programmes informatiques interactifs adaptés aux aptitudes de chacun, le français, les langues étrangères, les mathématiques, la physique, la biologie, la mécanique, la psychologie, l'écologie, la physiologie, la géopolitique.

France s'assura qu'elle avait l'attention de ses cinq élèves puis continua :

– Après avoir effectué des tests, Diego suivra un traitement spécifique. Nous saurons alors s'il peut faire partie de notre classe.

– On sera six alors, dit Gwendoline.

– Tu sais compter jusque-là ? fit Adrien.

– Va jouer avec Super Mario, tête de lapin !

– En mélangeant nos six couleurs, cela donne du jaune, dit Sem. Ensemble, nous sommes jaunes !

– Je veux que vous acceptiez Diego comme l'un des vôtres, reprit France.

– C'est un mongol, objecta Gwendoline, il a rien à voir avec nous.

– Si tu as bien suivi tes cours de géographie, tu devrais savoir qu'un Mongol vit en Mongolie. Diego, lui, vit dans un monde qui lui est propre à cause d'une anomalie chromosomique. Il est irritable comme toi, cela vous fait déjà un point commun.

– À la différence que lui, s'il te met une claque, tu la sens passer, ajouta Adrien.

– Diego est très fort, dit France. Il doit apprendre à se servir de ce don. Vous en avez reçu un, vous aussi, à la naissance. Vos parents et les médecins les ont qualifiés de handicaps. Aimeriez-vous que l'on vous traite à nouveau de handicapés, d'attardés, d'inadaptés, de malades mentaux, de mongols ? Car c'est ce que j'entends ici. Vous jugez Diego comme on vous jugeait il n'y a pas si longtemps. Avez-vous conscience de ce que sont devenues vos anormalités ?

Je suis sûre que vous ne mesurez pas encore les pouvoirs que vous aurez tous un jour. Sem est bien parti pour être un prodige des sciences et des langues, non ? Méline accomplit des exploits de plus en plus incroyables qui pourraient presque tous entrer dans le Livre des records. Adrien a plus de réflexes qu'une mangouste et aura bientôt acquis plus de connaissances en infiltration qu'un agent de la CIA. Gwendoline, qui déplacerait des montagnes par ses idées de grandeur et ferait tourner la tête à n'importe quel homme, est peut-être notre future Mata Hari. Laurie connaît l'anatomie comme sa poche et n'éprouve aucune crainte de la mort ; vous imaginez les perspectives que cela lui offre ? Je veux donc que vous cessiez de dévaloriser Diego qui, lui aussi, peut être amené à développer des facultés exceptionnelles. C'est compris ? Et maintenant, au travail. Toi Méline, va te préparer ! Laurent t'attend.

L'adolescente se leva d'un bond et disparut pendant que ses camarades cliquaient sur leur souris et posaient des casques audio sur leurs oreilles.

II.

– Regarde devant toi, répéta Laurent à la manière d'un mantra.

C'était la règle numéro un.

La règle numéro deux aussi.

La troisième, c'était de ne pas penser.

Méline s'avança au bord d'un précipice dont elle ne voyait pas le fond. Devant elle, une sangle de cent huit mètres de long était tendue entre deux points d'ancrage, à mille cent quatre-vingts mètres de hauteur. Le record du monde de slackline, détenu par un Français, était de mille mètres.

– Go ! hurla Laurent en la poussant.

Elle posa un pied. Puis un autre. La sangle oscilla sous ses semelles.

Regarder devant.

L'exercice lui était familier. Elle battait le record du monde chaque semaine. La nouveauté était qu'elle se lançait cette fois en free-solo, sans filet, sans harnais. Les premiers pas furent les plus difficiles, car il fallait passer de la terre ferme à un support mou, instable, réduit à une bande de tissu de dix-neuf millimètres de large.

Le reste de la progression devait être une formalité. Méline avait vaincu le vertige depuis bien longtemps. La sangle était si mince qu'elle avait l'impression de marcher dans le vide. Elle tangua un peu sous l'effet du vent qui, à cette altitude, ne connaissait pas d'obstacle. Elle accompagna le mouvement en écartant les bras et garda l'équilibre. Dans son dos, elle percevait le regard de Laurent qui demeurait silencieux pour ne pas troubler sa concentration.

Elle avait effectué la moitié de la traversée lorsque son pied droit glissa sur la sangle humide. Elle chancela, reporta son poids sur sa jambe gauche qui trembla. Le battement dans sa cuisse se répercuta sur la sangle qui se balança dangereusement. Méline se tourna vers Laurent, perdit à nouveau l'équilibre. Sa jambe gauche partit en avant, son pied droit se posa dans le vide. Elle tomba, se rattrapa d'une main à la sangle. Un hurlement jaillit sur sa droite. Laurent lui lançait des consignes qu'elle n'entendait pas. Elle jeta sa jambe sur le slack, se servit de son élasticité pour se redresser dans la position d'un surfer. Mais le poids de ses fesses et de son dos l'attirèrent en arrière.

Plus rien ne la portait.

Plus rien ne la retenait.

Elle chutait.

Le paysage défila devant elle aussi rapidement que son passé : sa naissance dans l'indifférence, son enfance au pensionnat, son errance de centres de rééducation en tribunaux pour enfants, sa rencontre avec Anton Sheffer, les tests, sa formation à la Citadelle.

La vitesse lui retourna le cœur, noya ses yeux, lui compressa les organes comme un avant-goût de l'écrasement imminent.

À deux cents kilomètres à l'heure, les deux pieds dans l'au-delà, elle allait finir au fond de la gorge.

Ce fut à ce moment-là qu'elle tira sur la cordelette.

Réaction instantanée, illusion de partir dans l'autre sens, de s'élever.

Le parachute se déploya au-dessus d'elle en claquant.

Dix secondes plus tard, elle touchait le sol en douceur.

12.

– Tu commences par le front, conseilla France.

Assise face au miroir, Gwendoline appliqua le fond de teint en se servant de l'index et l'étira avec le majeur jusqu'à dégager une surface uniforme, puis descendit sur l'arête du nez en étirant du haut vers le bas, remontant des ailes du nez jusqu'au niveau des tempes, puis des joues, puis du menton. Elle s'essuya le doigt sur le haut de la gorge.

– L'anticerne ensuite.

– J'en ai besoin ?

– Dans ton cas, il ne s'agit pas de cacher des cernes, mais de sertir les deux émeraudes qui te servent d'iris.

– Trop classe le compliment, merci. Si Sem pouvait en dire autant.

– N'en mets pas trop.

La jeune fille appliqua la crème sous ses grands yeux verts avec une dextérité mêlant lissage et tapotage.

– Ensuite les yeux, reprit France. Comment choisis-tu ton crayon ?

– Il doit avoir la même couleur que les sourcils et non pas des cheveux, récita-t-elle sur un ton narquois.

– Ne prends pas ça à la légère, Gwen. Le maquillage est une affaire sérieuse. Les fards étaient déjà utilisés dans l'Égypte antique. La séduction est une arme de guerre. Il ne s'agit pas d'embellir ton visage, il est parfait, mais de te rendre irrésistible, ensorcelante. Les crayons, brosses, goupillons, poudres sont tes munitions que tu dois manipuler avec la dextérité et la précision d'un artificier.

La jeune fille soupira et saisit un crayon avec lequel elle effectua un hachurage des sourcils qu'elle estompa ensuite au petit pinceau.

– N'oublie pas l'ombre d'eau.

– Je sais.

Elle appliqua la base humide avec le doigt, puis la couleur la plus claire au moyen du pinceau dans le coin interne de la paupière, sur environ le premier tiers. Elle posa la couleur moyenne sur le deuxième tiers avant de la dégrader en utilisant la couleur claire. Avec une précision millimétrique, elle suivit au crayon la ligne inférieure de l'œil jusqu'au pli de la paupière, puis la ligne supérieure. Elle renforça enfin l'arcade avec un peu de rose.

– Finalisation, clama France qui chronométrait la prestation.

– Mascara, dit Gwendoline sur le ton du chirurgien qui réclame un scalpel pour opérer le patient.

Elle chargea la brosse à l'intérieur du petit tube et essuya l'excédent sur le rebord. Elle gaina les cils avec une aisance qui força l'admiration de son professeur.

– Et le blush, dit-elle en papillonnant des yeux sur le résultat qui la métamorphosait.

Elle balaya légèrement les pommettes en mimant un mouvement de virgule inversée. Armée du gros pinceau, elle en profita pour ombrer la racine des cheveux et retravailler l'ovale du visage. Sans que France lui donne d'autre consigne, elle enchaîna le reste avec la minutie et le talent d'un artiste peintre. Un crayon en guise de sixième doigt, elle dessina ses lèvres, surligna le cœur de bouche, rééquilibra le bas, redémarra de la commissure pour rejoindre le centre. Elle n'eut plus qu'à passer un rouge au pinceau, une texture transparente pour préserver l'harmonie.

– Et voilà le travail, conclut-elle.

– Tu peux te démaquiller maintenant et rejoindre les autres.

13.

Un cri, la nuit, n'a rien d'humain. Surtout lorsqu'il pénètre comme une lame dans le rêve des autres. Adrien, puis Méline, Gwendoline, Laurie et enfin Sem se retrouvèrent dans le couloir qui distribuait les chambres.

– C'était quoi ça ? On aurait dit un ours !

– Merci, Gwen, cet indice nous sera utile, dit Adrien.

– Lâche-moi, tête de lapin.

– Ne m'appelle pas comme ça.

– Le bruit vient de chez le triso, intervint Laurie.

– Un hurlement de peur, précisa Sem.

– Tu as mis le pyjama de Marilyn Monroe ? lui fit remarquer Gwendoline.

– Qu'est-ce que tu insinues ?

– Que t'es à poil.

Sem n'avait pas réalisé qu'il était nu comme un ver. Gwendoline s'avança en chaloupant et se colla à lui. Arrachée à son lit elle aussi, France Tournier les bouscula pour se précipiter dans la chambre de Diego. La nuit y projetait une clarté lunaire qui dispensait d'allumer. Le mobilier avait été saccagé. On aurait dit qu'une tornade s'était invitée dans la pièce.

Diego était blotti dans un coin, le regard braqué sur la fenêtre. Il était terrifié et terriblement agressif. France s'approcha du colosse, eut l'impression de toucher un baril de dynamite. Elle recula pour éviter un coup létal et essaya de comprendre l'origine de son agitation.

– Diego, dis-moi ce qui s'est passé… Qui a fait ça ?

Groupés sur le seuil, les cinq pensionnaires étaient médusés. Ils s'écartèrent pour laisser passer Anton Sheffer. Silencieux, le psychiatre ramassa le casque audio, s'interposa entre Diego et la fenêtre, esquissa un geste d'apaisement et lui posa les écouteurs sur les oreilles.

I'm not afraid… to take a stand… Everybody… come take my hand…

Tendu à l'extrême, le colosse se calma progressivement. France s'accroupit près de lui, ce qui la fit ressembler à une poupée qu'il aurait pu broyer d'un seul geste. Elle lui déplia les doigts contractés en poings meurtriers, pendant que le docteur Sheffer inspectait la chambre.

– C'est lui qui a mis ce bordel ? demanda Méline.

– Non, c'est un fantôme, railla Adrien. La Citadelle est hantée.

– Allez vous coucher, ordonna Laurent qui venait de les rejoindre.

Anton Sheffer regardait au-dehors. La nuit y était argentée.

– C'est elle, murmura-t-il.

– Elle ? s'étonna France.

– La lune.

L'astre était plein. Un œil dont la pupille semblait les surveiller. Anton se baissa à son tour devant Diego et lui retira les écouteurs.

– Lune ?

Aucune réaction. Il chercha à attirer le garçon vers la fenêtre mais celui-ci résista. Autant déplacer une colline.

– Curieux, marmonna Sheffer, que la lune le mette dans cet état. Son évocation en revanche ne lui procure aucun effet.

– Il a dansé le moonwalk, pouffa Laurie.

Diego beugla et projeta France contre le mur. Laurent bondit sur le jeune forcené et fut éjecté encore plus vite dans l'autre sens pour atterrir dans l'armoire démontée.

Anton attendit que son patient se calme avant de prononcer à nouveau le mot « moonwalk ». Diego brailla aussitôt en saisissant les barreaux de son lit.

– Moon ! lui lança Sheffer.

De plus en plus excité, le colosse brisa les barreaux comme du bois mort. Anton lui rendit son casque audio qui fusa à quelques centimètres du crâne de Laurent.

Diego se leva comme une créature prête à en découdre, enfonça le poing dans le mur qui trembla, écarta violemment Sheffer, se retrouva bras ballants devant Laurie…

Elle fut la seule à ne pas reculer devant le danger.

Diego hésita à la catapulter comme les autres.

Armé d'une seringue, Laurent profita de cet instant de flottement pour injecter un calmant dans le bras du colosse qui s'effondra.

Sheffer ordonna aux pensionnaires de se recoucher au plus vite. Il attira sa collaboratrice à lui et la palpa, en quête d'une côte cassée. Il ne déclencha aucune douleur mais sentit qu'elle tremblait. France s'écarta et gagna le perron pour griller une cigarette.

– Quatre mille substances toxiques sont en train de se mélanger pour former un goudron collant sur tes poumons, dit Anton.

– Y compris du cadmium, un métal lourd qui restera dans mon organisme jusqu'à la fin de ma vie. Merci de me le rappeler.

– Je ne veux pas te perdre. J'ai eu peur tout à l'heure.

– Moi aussi.

– Diego, lui, est effrayé par le mot « moon ».

– Il semble intimidé par Laurie.

– Diego est en demande d'affection. Si la seule personne qui lui en donnait était son père, alors aujourd'hui il n'a plus personne. De quoi être désemparé, non ? J'ignore pourquoi, mais Laurie lui a tapé dans l'œil. Il semble s'accrocher à elle comme à une bouée de secours.

– Laurie en bouée de secours, c'est inattendu.

– Les mystères du cerveau humain sont aussi vastes que l'univers, pontifia le psychiatre.

– Et nous en sommes les explorateurs, compléta France.

Anton regarda son beau sourire recracher un nuage de fumée toxique.

– Quand on aura fini de jouer aux citations, il faudra découvrir le passé de ce garçon.

France tira à nouveau sur sa cigarette.

– J'ai besoin de la profileuse qui est en toi, dit Anton.

– Il me faut plus d'éléments.

– Demain, j'appelle les flics.

14.

Gwendoline se glissa dans la chambre de Sem. Elle s'allongea sur lui, séparée par le drap et la couverture. Sem cria.

– Ce n'est que moi, chuchota-t-elle.

Sem était terrifié par Gwendoline, ses lèvres purpurines et charnues toujours entrouvertes, ses petites taches de rousseur sur un nez mutin, ses grands yeux verts qu'il ne pouvait pas regarder en face, ses longs cheveux blonds et bouclés qui, à ce moment-là, lui chatouillaient le visage. Il sentait son haleine tiède et fruitée par le dentifrice. Son cœur s'emballait. Ses mains, cramponnées au drap, étaient moites. Gwendoline pesait sur lui de tout son poids pour l'empêcher de bouger.

– Tu es tout nu là-dessous ?

Sem détourna le regard vers la cloison. Gwendoline se pencha un peu plus pour emprisonner son visage dans une cascade de blondeur et d'effluves de fruits rouges.

– Pourquoi tu as peur de moi ?

– Je... n'ai... c'est pas correct.

Elle lui colla sur la joue un baiser qui l'électrisa.

– Qu'est-ce que t'as ? Je ne te plais pas ? Tu préfères un cosinus de l'hypoténuse ?

– Ça n'existe pas. Un cosinus ne se calcule que pour un angle à travers le rapport entre le côté adjacent à cet angle et l'hypoténuse.

– Oh là, je plaisantais. Je ne te demandais pas de me faire un cours de géométrie. Tu comprends rien aux blagues. Je suis sûre qu'au lieu de planquer des revues porno sous ton matelas, tu planques des bouquins de maths.

– Je ne cache rien sous mon matelas. Tu peux vérifier.

– Laisse tomber.

Elle se redressa et s'assit à ses côtés, adossée à la tête de lit.

– Je ne te plais pas, c'est ça ?

– Non, non, tu es très... belle... au contraire.

– C'est quoi ton problème alors ? T'es pédé ?

– Je sais pas.

– Quoi ? Tu sais pas ? Faudrait peut-être en parler à France. Tu veux que je m'en charge ?

– Non, s'il te plaît, Gwen...

Il se redressa pour se mettre à son niveau en prenant bien soin de garder le drap tiré jusqu'au menton.

– C'est bien ma chance. Je suis dans le même lit que le type le plus intelligent du monde, super craquant et complètement à poil, et il faut qu'il soit pédé.

– Non, ne dis pas ça. Je sais pas vraiment...

Elle sauta du lit en direction de la porte.

– Quand tu sauras, fais-moi signe.

15.

Le docteur Sheffer sentit une présence dans le bureau. Une odeur de Marlboro mâtinée de Guerlain. France s'avança dans la lumière de la lampe.

– Tu m'as fait peur, dit-il. Aussi discrète qu'une chatte.

– Une chatte ronronne. Pas moi.

Sheffer visionnait les enregistrements vidéo des cours de krav maga dispensés par Laurent à Diego.

– Du nouveau ?

– Ce garçon est incroyable. Quel potentiel ! Je suis en train de me demander si on ne tient pas l'élément qui manquait à la brigade. Il faudrait contrôler son psychisme...

– Je te parlais de l'enquête.

– Non.

Elle plaça devant lui le bracelet élastique en forme de requin.

– Un bracelet Silly Bandz. C'est la grande mode. Les ados en ont plein les bras qu'ils n'ont pas assez longs pour enfiler tous ceux qu'ils achètent. Ces bracelets ont toutes les formes. Il y en a même qui représentent la silhouette de Justin Bieber. Mais

Diego, lui, n'en possède qu'un seul. Et il a une forme de requin.

Elle posa ensuite le couteau ébréché de l'adolescent.

– Un couteau flottant, dit-elle.

– Un quoi ?

– Je l'ai mis dans l'eau. Il flotte. C'est un couteau de pêche. Cela voudrait dire que Diego est un pêcheur, ce qui expliquerait l'état de ses mains déjà usées. Il a pu travailler sur un chalutier. À cela, ajoute qu'il a un lien affectif avec les requins.

– Quoi d'autre ?

– À mon avis, il n'est pas français.

– Tu dis ça parce qu'il a baragouiné trois mots d'anglais ?

– À cause de son prénom. Diego, c'est d'origine espagnole.

– Tu sais, de nos jours, les prénoms...

– Je sais. J'ai essayé sur lui quelques mots inducteurs en espagnol. Sur « luna », Diego n'a pas plus réagi qu'avec lune mais sur « tiburón », il s'est agité.

– Tiburón ?

– Cela signifie « requin » en espagnol. N'oublie pas que le concert d'Eminem auquel tu penses qu'il a assisté s'est déroulé à Barcelone.

– Un ado espagnol qui travaille sur un chalutier... Il faut se servir de ces éléments pour faire parler les flics.

Anton jeta un œil sur sa montre qui affichait une heure matinale, alluma son téléphone portable, appela le capitaine Baraillé et mit le haut-parleur.

– Je ne vous réveille pas ? s'inquiéta Sheffer.

– Vous êtes difficile à joindre, docteur, dit le capitaine sans répondre à sa question. J'ai essayé de vous contacter toute la semaine.

– Je suis souvent en déplacement.

– Je vous rappelle que vous détenez le suspect d'un double meurtre.

– Je l'interroge au quotidien, capitaine. J'ai initié une méthode de communication à base de mots inducteurs qui commence à porter ses fruits. On a ainsi découvert que Diego et son père sont des pêcheurs espagnols.

Le capitaine Baraillé émit un sifflement admiratif et confirma. Sheffer venait ainsi d'amorcer la pompe à informations.

Celles-ci s'avérèrent plutôt maigres. La police piétinait dans l'affaire du double assassinat de la Croisette. Elle n'avait progressé que sur un point : l'identité du père de Diego. Il s'appelait Carlos Marquez et était marin pêcheur à Benicarló, au sud de Barcelone. Son fils, atteint du syndrome de Down, travaillait avec lui sur l'un des bateaux-usines de la société Taïco. La mère les avait abandonnés à la naissance de l'enfant.

– Taïco ? fit Sheffer pour en savoir plus.

– La compagnie possède une flotte de chalutiers. C'est une filiale de Hanco, un conglomérat taïwanais basé à Malte qui fait de l'import-export agroalimentaire entre l'Europe et l'Asie. Mais ça ne nous dit pas ce qui est arrivé aux deux victimes. Écoutez, docteur, il faut que j'interroge Diego Marquez.

– Diego souffre d'un déficit aigu du développement cognitif, il a un QI de 30, des malformations cardiaques, des anomalies ostéo-articulaires et oculaires, une sensibilité affective mise à rude épreuve par l'équarrissage sauvage perpétré sur son père. Sans compter que la communication verbale est perturbée par le fait qu'il jongle avec plusieurs langues.

Le docteur avait noirci le diagnostic pour justifier de garder Diego quelques jours de plus. Il voulait à tout prix continuer d'exploiter le lien qu'il avait instauré avec l'adolescent.

– Je dois l'interroger, insista le capitaine Baraillé.

– Il ne parlera qu'avec moi.

– Je vous ai mis sur cette affaire pour que les choses aillent vite. Ne me faites pas regretter mon choix.

– Vous préférez rappeler le docteur Merker ?

Coincé, le capitaine grogna.

– Je passerai lundi.

Anton éteignit son portable.

– Il faudra ramener Diego à la clinique lundi, le temps que le capitaine lui pose ses questions. Baraillé ne doit se douter de rien.

France nota l'information avant de rebondir sur l'information principale.

– Nous avons Taïco, un requin, des pêcheurs en Méditerranée, un adolescent atteint de trisomie 21, deux cadavres salement amochés et un mot-clef : « moon ». Quel est le lien entre tous ces éléments ?

– Excellent sujet d'étude pour nos pensionnaires.

16.

Adrien pianotait sur le clavier avec frénésie. Il multipliait les occurrences, ouvrait les sites les uns après les autres, contournait des codes d'accès, en craquait d'autres, selon les directives de Sem, assis près de lui. Ce dernier fixait l'écran encombré de chiffres, de noms, de diagrammes, d'organigrammes et d'arborescences. L'ensemble prenait pour lui l'allure d'une palette de couleurs et de nombres en relief qu'il essayait d'ordonner afin d'en dégager le sens. Certains cryptogrammes lui sautaient à la figure comme une évidence, d'autres nécessitaient l'instinct et la virtuosité d'Adrien.

– Alors ? fit Anton.

– L'analyse sur Taïco n'a rien donné, commenta Adrien. Du coup, on a zappé sur Hanco. Siège basé à Malte, compte bancaire ouvert en Malaisie, un pays qui est sur la liste noire des paradis fiscaux, ce qui complique un peu les recherches. On a quand même réussi à décortiquer la structure de la firme et j'ai testé le mot-clef « moon » avec succès. Un certain Moon Kan Yun-Fa apparaît dans les rapports du conseil d'administration. J'ai relancé le programme que Sem a croisé avec les listings des compagnies aériennes, les réservations hôtelières de luxe, les transferts de devises, ce genre de trucs.

Il posa son index sur une touche du clavier et se croisa les bras.

– Si ça bugge pas, on va peut-être faire péter une info.

Sem regardait l'écran qu'il jugeait bien plus fascinant que la toile de Basquiat qui ornait le bureau de son père. Puis tout se figea.

– Yes ! s'écria Adrien en se remettant à massacrer les touches de l'ordinateur. Mister Moon-Yu-machinchose est un frequent flyer sur Cathay Pacific Airways.

– Quelles destinations ?

Adrien déplaça son doigt sur l'écran tactile.

– Shanghai, Hong Kong, Barcelone... Les villes qui reviennent le plus souvent sont Taipei et Nice.

– Bravo les garçons ! s'exclama Anton.

Ce qui terrifiait Diego avait donc pour nom Moon Kan Yun-Fa.

Niveau trois
LE CASTING

17.

L'hélicoptère tourna un long moment au-dessus de la Citadelle avant de se poser. Les mauvaises conditions météorologiques rendaient l'atterrissage difficile.

Lorsqu'il toucha le sol, l'appareil libéra un homme qui se courba sous la pluie et les pales. Celui-ci courut vers Anton Sheffer venu à sa rencontre muni d'un parapluie. Ils expédièrent les salutations dans la bourrasque et se ruèrent à l'intérieur.

– J'ai bien cru devoir rebrousser chemin, déclara l'ancien ministre lorsqu'il se retrouva au sec.

– Laissez-moi vous débarrasser, dit Laurent qui s'improvisa majordome pour la circonstance.

Celui que tous ici avaient convenu par confidentialité d'appeler monsieur le ministre avait une coiffure désordonnée, un air débonnaire, une allure débraillée malgré des costumes griffés. Il ressemblait plus à un professeur de faculté qu'à un homme politique.

– Lanval et Hartford sont déjà là, l'informa Anton Sheffer.

Comme mus par un sens de la synchronisation, les deux hommes en question apparurent sur le seuil de la salle de réunion où on leur avait servi un café en attendant le dernier invité.

– Quel temps de chien, déclara le colonel Clément Lanval.

Le chef de mission à l'ONU avait la quarantaine comme ses associés, mais il paraissait plus vieux à cause de ses cheveux grisonnants et de son uniforme d'officier supérieur.

– Dérèglement climatique, commenta Paul Hartford.

L'activiste de Greenpeace avait une trogne rosie par des gènes irlandais, des bocks de Guinness et l'air du large qu'il aimait respirer au cours de ses nombreuses actions commando contre les pollueurs de mers en tous genres.

– La situation est-elle à ce point urgente pour qu'il faille se réunir dans cette tempête ? demanda le ministre.

– Je crois que nous sommes prêts, dit Sheffer.

Il invita les trois hommes à passer en salle de réunion. France Tournier les rejoignit.

– Enfin un rayon de soleil, s'exclama le ministre sensible au charme de l'ex-profileuse.

Ils s'installèrent autour d'une table ronde, tel un ordre chevaleresque au service d'une cause sacrée.

Le programme Noé était né deux ans auparavant au cours d'un dîner animé réunissant un pédopsychiatre de renom, un ancien ministre des Affaires Étrangères, un chef de mission à l'ONU et un activiste de Greenpeace. L'idée de former de jeunes recrues pour protéger la planète avait été lancée. Elle avait fait son chemin. Un chemin long, tortueux, inexploré.

Un programme clandestin avait finalement été mis au point pour préparer des adolescents dotés de facultés hors normes à intégrer une brigade spéciale de protection de l'écosystème. Le financement de ce projet développé à la Citadelle était assuré par des fonds secrets et par la générosité de riches donateurs anonymes.

Anton Sheffer prit la parole pour leur présenter l'affaire du double meurtre de la Croisette, l'accueil du jeune Diego Marquez, son intégration dans le programme Noé ainsi que son admission dans la brigade, l'implication de Moon Kan Yun-Fa…

– Pourquoi une telle initiative, Sheffer ? attaqua le ministre au terme de l'exposé. Ce gamin est sous la responsabilité de la police et de la justice et vous le ramenez ici ?

– Diego est un être unique, celui qui nous manquait dans la brigade.

– N'est-ce pas un jugement hâtif ? s'étonna Lanval.

– Diego possède une force prodigieuse.

Anton pointa une télécommande vers un écran LED et leur montra une vidéo sur laquelle Diego affrontait Laurent dans un combat de krav maga. Laurent frappait comme sur un tronc d'arbre, sans parvenir à le déraciner ni même à l'infléchir. Diego se décida soudain à esquiver un coup de poing de l'instructeur qu'il souleva d'un bras et balança contre le mur.

Anton accéléra la lecture jusqu'à une séance au cours de laquelle le jeune pêcheur pulvérisait des planches et des briques comme du cristal, tordait des barres de métal aussi facilement que du caoutchouc, soulevait une voiture plus rapidement qu'un cric.

– Impressionnant, convint le ministre.

– D'après Laurent, il n'est pas au maximum de son potentiel, renchérit Sheffer.

– L'admission de ce Diego dans la brigade me semble prématurée. Pourquoi une telle précipitation ?

– Je voudrais leur confier une première mission.

– Quoi ?

– Toutes les circonstances s'y prêtent.

Hartford esquissa un sourire. On allait enfin passer aux choses sérieuses.

– Comme je vous l'ai dit, nous avons de bonnes raisons de penser que Moon Kan Yun-Fa est lié à la mort du père de Diego ainsi que de l'autre victime qu'il reste toujours à identifier. J'ai lancé Sem et Adrien sur la trace de Moon Kan via Internet. Nous avons découvert qu'il possède une propriété dans la région. Mais ce n'est pas tout.

– Je vous écoute.

– Il est lié à la mafia taïwanaise.

– Rien que ça. Vous voulez mesurer nos jeunes à la mafia taïwanaise pour leur première mission ? Vous délirez, Sheffer !

– Tu comptes opérer à l'insu de la police ? se soucia le colonel.

– La police a besoin de preuves pour agir. Or elle croit Diego coupable du double meurtre. Et même si ce n'était pas le cas, quel crédit accorder à un adolescent trisomique face à un homme aussi puissant que Moon Kan Yun-Fa ?

– Par curiosité, quelle serait la mission ? lança Hartford.

– Il n'y a qu'une façon d'opérer.

– Laquelle, je vous prie ? demanda le ministre.

– La propriété de Moon Kan est située sur l'île Sainte-Marguerite, au large de Cannes. Il s'agit de l'unique domaine privé de l'île. Les seules autres constructions sont un bâtiment de l'ONF, deux restaurants fermés pendant la basse saison et un centre d'hébergement pour des classes de découvertes et des séjours sportifs. Le centre reste ouvert jusqu'à la fin du mois. J'ai réservé la dernière semaine pour y emmener les jeunes. C'est une occasion inespérée d'enquêter sur Moon sans éveiller de soupçons, d'élucider le double meurtre et traiter le traumatisme de Diego.

– Pourquoi ne pas réclamer une perquisition sur la base de tes assertions ? suggéra Lanval. Après tout, c'est la police qui t'a sollicité. Ton opinion de psychiatre chevronné compte.

– Sainte-Marguerite est une île. Une intervention judiciaire serait aussi voyante que l'opération Dragoon[1] en 44. Moon Kan aurait le temps de s'y préparer. En outre, nous savons que les autorités françaises se sont toujours avérées impuissantes face à la mafia taïwanaise.

1. Nom de code du débarquement des troupes alliées en Provence pendant la Seconde Guerre mondiale.

– En quoi cette opération rentre-t-elle dans le cadre du programme Noé ? intervint Hartford. Où est l'enjeu écologique ?

– Il s'agit tout d'abord d'éviter l'internement à Diego qui présente un profil idéal pour la brigade. Mais pas seulement, car tout est lié.

– Venez-en au fait, bon sang, s'impatienta le ministre.

– Je vais vous montrer un film qui plaira à Paul.

Sheffer distribua des tablettes tactiles reliées en réseau et ouvrit un fichier sur son disque dur.

– *Sharkwater,* le célèbre documentaire sur les requins réalisé par Rob Stewart, annonça-t-il.

– Je connais, dit Hartford.

Anton Sheffer sélectionna le passage consacré à une opération d'abordage d'un chalutier au Costa Rica.

– Rob Stewart et ton ami Paul Watson, l'un des cofondateurs de Greenpeace, ont mis au jour un trafic d'ailerons de requins organisé par la mafia taïwanaise à partir du Costa Rica en direction de l'Asie où la soupe d'ailerons est très appréciée.

– Quel rapport avec notre affaire ? fit Lanval.

– Moon Kan est à la fois lié à la mafia taïwanaise et à un trust international qui possède une société de pêche en Méditerranée. À partir de ce constat, on peut facilement imaginer un trafic d'ailerons de requins.

– Il y a des requins en Méditerranée ? s'étonna Lanval.

– Les spécialistes en recensent cinquante et une espèces, confirma Hartford de plus en plus intéressé par le plan de Sheffer.

– Avez-vous au moins un début de preuve que ce Moon est au cœur d'un tel trafic ?

– On a ça, intervint soudain France Tournier.

Elle brandissait un bracelet élastique bleu en forme de requin.

– La mission consisterait à mettre la main sur des preuves plus flagrantes que cet élastique, précisa Sheffer.

– Et nos jeunes sont prêts pour une telle mission ? s'inquiéta le ministre.

– Vous allez en juger par vous-même.

18.

Les doigts figés au-dessus du clavier, Sem se concentrait face à la fenêtre numérique dans laquelle il devait inscrire un mot de passe. Paul Hartford lui avait donné pour exercice de trouver son code personnel afin d'accéder à sa messagerie. Deviner dix chiffres ou lettres majuscules voire minuscules. C'était le test. Sem avait calculé qu'il existait 839 299 365 868 340 224 combinaisons possibles.

Il avait cinq paires d'yeux devant lui et autant de minutes. Il en perdit quatre sur Internet pour y trouver des informations.

À quelques secondes de la fin du temps imparti, il tapa :

0824631759

– Il m'épatera toujours ce gamin ! s'exclama Hartford.

– C'est vraiment ton mot de passe ? demanda Lanval.

– Ouais, et je vais être obligé de le changer maintenant. Comment as-tu deviné, Sem ?

– J'avais le choix entre une forêt de chiffres et une forêt de lettres. Je sais que vous n'aimez pas les chiffres, monsieur Hartford. C'est donc vers eux que vous vous êtes tourné. Car on choisit souvent un code qui est le moins naturel possible pour tromper ceux qui essaieraient de le deviner. Il faut aussi chercher l'origine d'un code dans vos petits travers, pas dans vos gros défauts ou vos qualités, bien trop visibles. Vous êtes connu pour vos origines irlandaises et votre activité au sein de Greenpeace. Le vert est évident chez vous. Il faut donc trouver d'autres couleurs, si possible contraires au vert, comme le noir. Votre péché mignon, c'est la bière. Irlandaise, sûrement. D'après Internet, la Guinness est la plus connue des bières irlandaises. Une bière noire. Je vous vois bien en train de créer votre code devant votre ordinateur, une bouteille de Guinness posée à portée de main. Sur toutes les bouteilles, il y a une date visible, celle de la création de la marque : 1759. Cela fait quatre chiffres dans la forêt. Il en manque six. Il faut que ce soit quand même facile à retenir pour vous. Comme une date. J'ai consulté votre profil Facebook. Vous affichez n'être pas marié, n'avoir pas d'enfants. Votre date de naissance est donc une source évidente de chiffres facilement mémorisables pour vous. Vous annoncez être né un samedi 24 août. Mais vous ne mentionnez pas l'année. Il y a quatre « samedi 24 août » entre 1950 et 1980 : en 1957, 1963, 1968 et 1974. Vous avez la quarantaine et n'avouez pas votre âge : donc 1963. Dans la formulation anglo-saxonne, cela s'écrit : 08/24/63. C'est la série idéale pour compléter ma forêt de chiffres. Car quand j'accole ces six chiffres à 1759, j'obtiens une séquence de dix chiffres sans qu'aucun d'eux soit répété. Un magnifique arc-en-ciel auquel votre subconscient n'a pas dû être indifférent. Il restait donc deux possibilités : 0824631759 ou 1759082463. Une chance sur deux. J'ai eu cette chance.

– Ton explication a nécessité plus de temps que cela ne t'a pris pour trouver le mot de passe, constata le ministre.

– C'est parce que, dans ma tête, je voyais la forêt de chiffres uniques en même temps que je cherchais à compléter le nombre de la Guinness. Votre combinaison est très belle monsieur Hartford, vous ne devriez pas la changer.

– Dis-moi Sem, accepterais-tu d'utiliser tes talents pour protéger la planète ? demanda Hartford.

– Vous faites allusion au maintien du nouvel ordre planétaire libéral établi par la civilisation occidentale post-coloniale ?

– Merci Sem, dit son père en se raclant la gorge. Appelle Gwendoline.

19.

L'adolescente apparut sur le seuil en imitant l'entrée de Cameron Diaz dans la fameuse scène de la banque au début de *The Mask*. Elle se pencha pour renouer une lanière de sa chaussure en prenant soin de faire apparaître sa jambe interminable sous une jupe fendue. Puis elle se redressa, secoua sa crinière et avança vers les quatre hommes attentifs.

– Je n'ai pas très bien compris quelle était la faculté de cette jeune fille, fit le ministre en consultant son dossier… Hmmm… Syndrome de Kleine-Levin ?

– C'est une maladie rare qui affecte principalement les adolescents et les jeunes adultes, clarifia Sheffer. Une forme atypique du trouble bipolaire, caractérisée par des cycles d'hypersomnie importants et d'hypersexualité, une dépendance affective énorme et un besoin fantasmatique de vouloir sauver le monde. Cette pathologie est marquée par de sérieux problèmes de comportement, alternant des phases contrastées de désinhibition et de repli sur soi, de manque total d'énergie et d'excitation débridée, d'absence émotionnelle et de sensibilité à fleur de peau. Nous avons essayé de refouler certaines de ces phases au profit de celles qui nous intéressaient.

– En quoi une marmotte lubrique mérite-t-elle d'intégrer ce programme ? demanda le ministre.

Sa question était provocatrice. Ce fut donc lui que Gwendoline choisit pour cible. Elle passa de l'autre côté de la table, s'inclina tout près du ministre et pointa un ongle verni sur les mensurations mentionnées dans la fiche qui la concernait.

– Tout est naturel, dit-elle.

– Il ne manquerait plus qu'à votre âge vous ayez eu recours à la chirurgie esthétique.

– Cela s'est déjà vu, monsieur le ministre.

Tout en lui susurrant les réponses au creux de l'oreille, elle répandait autour du politicien des effluves vanillés et se contorsionnait pour que sa poitrine occupât son champ de vision.

– Mais enfin... résista-t-il.

Elle posa une main sur sa cuisse et fit glisser un doigt sur la feuille jusqu'à la rubrique « pathologie ». Elle lut à voix haute :

– Boulimie, irritabilité, hallucinations, hypersexualité, bouffées délirantes, recherche continue et persistante du plaisir sexuel... Vous avez tout contre vous un volcan au bord de l'éruption, monsieur le ministre...

– Ça suffit, dit-il en s'écartant.

Gwendoline regagna le centre de la salle, face au jury, avec nonchalance et un sourire en coin.

– Je ne suis pas sûr que cela soit une bonne idée de jouer sur ce thème-là avec une mineure, objecta le ministre.

– Au lieu de refouler sa nymphomanie, nous l'avons libérée, expliqua le docteur Sheffer.

– Je vois ça ! Et en quoi cela peut-il être utile à la brigade ?

– Connaissez-vous le Kidon, monsieur le ministre ? intervint le colonel Lanval.

– Vous voulez parler du service d'espionnage israélien ?

– Il s'agit d'une section du Mossad en effet, mise en place au début des années 70 pour mener des opérations très spéciales, sabotages ou enlèvements, visant l'élimination des ennemis d'Israël. Chaque commando du Kidon est composé de trois hommes et d'une femme, de préférence attirante afin de circonvenir les cibles masculines. Nous nous sommes inspirés de ce modèle.

– Gwendoline est une arme de séduction, résuma Sheffer.

– Pour adolescents, objecta le ministre.

– Elle a l'âge des mannequins qui défilent pour la haute couture ou posent sur papier glacé. Et je vous garantis que le message que véhiculent ces top models n'est pas destiné aux adolescents.

– Vous en êtes la preuve, déclara Gwendoline en fixant le ministre.

Elle brandit un portefeuille qu'elle posa devant lui.

– Je crois que c'est à vous.

– Des talents de pickpocket en plus ?

– Inutile d'en avoir. Quand un homme est sous mon emprise, je pourrais lui voler sa chemise sans qu'il s'en aperçoive.

Le ministre récupéra son bien et son calme.

– Mademoiselle, estimez-vous être à même de vous intégrer dans une équipe sans y semer la zizanie ?

– Quoi ?

– Êtes-vous capable de vous tenir ? D'observer certaines règles ?

– Les règles ça rend les gens idiots et ça salit les culottes.

– Ce n'est pas une réponse.

– Non, c'en est deux.

– Accepterais-tu d'utiliser tes talents pour protéger la planète ? intervint Hartford.

– Oui, j'adorerais. Sauver les gens et rendre le monde meilleur.

– Merci, Gwen, dit Sheffer.

20.

Sheffer, Hartford, Lanval et le ministre visionnèrent sur leurs tablettes les performances de Méline sur une sangle à plus de mille mètres d'altitude. Laurent commentait les images. À la fin de la vidéo, ils firent entrer la jeune fille.

– Sais-tu pourquoi tu es là, Méline ? l'interpella Lanval.

– Je suis hyperactive, j'ai du mal à me concentrer, à rester sur un problème longtemps…

– Non, je te demande ce que tu fais devant nous, en ce moment.

– Devant vous ? Pourquoi ? Non... enfin, c'est Laurent qui m'a dit que je devais me présenter ; j'étais en train de m'entraîner, Laurent m'a appelée… je ne trouve plus mon sac de sport, je l'avais posé…

– Méline ! Pourquoi toi et tes camarades passez-vous devant nous ?

– Vous voulez savoir si on est aptes, c'est ça ?

– Aptes à quoi ?

– Euh… à réaliser des trucs dangereux ?

– Nous voulons être sûrs que tu es capable de remplir une mission.

– Je suis guérie ?

– Dans un sens oui, dit Sheffer. Mais tu dois nous le prouver.

– Je peux surmonter des épreuves difficiles. La semaine dernière j'ai encore battu un record du monde, celui de slackline…

– Je viens de leur montrer la vidéo, la coupa Laurent.

Elle passa sa main sur son crâne tondu et massa sa nuque.

– Je vais bien, maintenant. J'arrive à me contrôler, à me concentrer sur un point B, à condition que le trajet qui me sépare de ce point soit le plus risqué possible.

– Elle acquiert son équilibre de cette manière, compléta Laurent.

– C'est ce que nous voulions entendre, se réjouit le ministre.

– Accepterais-tu d'utiliser tes talents pour protéger la planète ? demanda Hartford.

– Si ça consiste à aller au point B, c'est mieux.

Sheffer la remercia et la pria d'introduire le pensionnaire suivant.

21.

Lorsque Laurie se présenta devant eux, le colonel Lanval n'en crut pas ses yeux. La jeune fille était savamment échevelée, percée sur toute la figure, scarifiée au front, vêtue d'un long manteau noir, de vieilles mitaines, de godillots et d'un nombre incalculable de breloques sataniques, de crucifix et de têtes de mort pendues au bout de plusieurs chaînes. Elle traîna les pieds jusqu'à eux.

– Comment croire que cette patiente est en voie de guérison ? s'étonna Lanval.

– Nous ne souhaitons pas qu'elle guérisse de ses instincts suicidaires, dit le docteur Sheffer. Son attrait pour la mort lui ôte toute peur de périr, ce qui la rend plus forte face au danger. La thérapie porte principalement sur l'inversion de ses tendances à l'automutilation.

– Qu'entends-tu par là ?

– Mutiler d'autres corps que le sien.

Un frisson parcourut le dos du ministre.

– Mais de quoi parlez-vous ?

– Nous avons transformé son masochisme en sadisme.

– En sadisme ? Peut-on savoir sur qui elle exerce cette perversion ?

– Sur des animaux.

Paul Hartford s'offusqua :

– Tu es en train de nous expliquer qu'on torture des animaux ici ?

– Des batraciens, tout au plus.

– Je m'y oppose formellement, Anton. Te rends-tu compte que c'est justement cette atteinte à la vie que nous combattons et qui nous a poussés à constituer cette unité ?

– Dans le cadre de ses futures missions, Laurie pourra être amenée à assouvir son sadisme sur n'importe quelle cible humaine, sans aucun état d'âme.

– Nous ne sommes pas des tortionnaires, asséna le ministre.

– C'est ce qu'on dit toujours, assis derrière un bureau.

– N'as-tu vraiment aucune peur de la mort ? intervint Lanval plus intéressé par les facultés de Laurie que par le sort des amphibiens.

– La mort, c'est mon kiff, répondit Laurie.

– Permets-moi d'en douter, jeune fille.

Sheffer se tourna vers le colonel pour le dissuader de la provoquer. Trop tard. Laurie avait déjà empoigné l'extrémité d'une rallonge électrique enroulée dans un coin de la pièce. Elle se ceintura devant les jurés médusés, alla ouvrir une fenêtre en dévidant l'enrouleur et grimpa sur le rebord, la pointe des godillots au-dessus d'un à-pic.

– Laurie, non ! cria Sheffer.

Elle sauta. Vingt-cinq mètres de chute. Les plus prompts, Laurent et Lanval, se précipitèrent sur la bobine qui traversait la pièce tel un projectile et la saisirent juste avant qu'elle ne passe par la fenêtre. À l'autre bout, Laurie se balançait comme un pendule. Ils la hissèrent et la récupérèrent à peine plus ébouriffée qu'à l'aller.

– Bon sang, qu'essayes-tu de prouver ? s'énerva le colonel. Nos capacités à te garder en vie ?

– J'étais persuadée que le câble ne serait pas assez solide ou que vous n'auriez pas le temps de me stopper avant que je m'écrase.

– Cette fille est incontrôlable, on ne peut pas prendre le risque de l'enrôler.

Laurie plongea sa main dans le renflement de la veste du colonel, dégaina un revolver et libéra la sécurité en un temps record. Elle braqua son jury qui recula au ralenti.

– Ruger SP 101 à canon court, en .38 spécial, dit-elle. Un cinq coups, ça tombe bien, vous êtes cinq.

– Je vois qu'on a affaire à une spécialiste, fit le colonel. Maintenant Laurie, rends-moi cette arme.

– T'inquiète pas, colonel, je contrôle. C'est le flingue de Julie Lescaut et de John Hagen des *Experts : Miami*.

– Bon sang, Lanval, s'écria le ministre, qu'est-ce que vous fabriquez avec un flingue sur vous ?

– Que cherches-tu à prouver, Laurie ? coupa Hartford. Que tu t'y connais en armes et en séries télévisées ?

– Collez-vous à la cloison !

Ils s'exécutèrent. Elle libéra le barillet, laissa tomber quatre balles à ses pieds, réenclencha le barillet dans l'axe et le fit rouler.

– J'ai pas envie d'être guérie, j'ai pas envie de retourner dans une famille d'accueil à la con, j'ai pas envie de grandir, j'ai pas envie de votre monde de merde.

Elle pointa l'arme contre sa tempe, appuya sur la détente.

Clic !

– Raté, dit-elle en imprimant une nouvelle rotation au barillet.

– C'est bon, tempéra le colonel. Je te crois. Montre-moi maintenant que tu sais te maîtriser.

Laurie lui rendit son arme. Lanval ramassa les balles, le ministre s'épongea le front avec un mouchoir, Laurent recula d'un pas, Sheffer réintégra sa place pour prendre des notes, tout cela en silence, ce qui permit à Hartford de poser sa question :

– Accepterais-tu d'utiliser tes talents pour protéger la planète ?

– Il est mignon, lui, c'est qui la planète ? Les batraciens ? Les fleurs ? Les pédophiles ?

– Les gens, en général.

– Je les connais pas, moi, les gens. Ils crèvent et alors ? Deux personnes meurent chaque seconde dans le monde, ça vous empêche de dormir, vous ?

– Tu ne lèverais donc pas le petit doigt pour en sauver quelques-unes ?

– Si ça me permet de disséquer autre chose que des grenouilles, pourquoi pas ?

Un nouveau silence trahit le malaise que se plaisait à installer Laurie.

– Autre chose ? demanda-t-elle.

– Non, lui répondit le ministre. Toi, tu as quelque chose à ajouter ?

– Euh... oui, j'en ai marre de manger des lentilles à la cantine.

– Merci Laurie, dit Sheffer.

22.

– Il ne reste plus qu'Adrien, dit Hartford.

– Un accro aux jeux vidéo, constata le ministre en ouvrant son dossier.

Ils firent entrer le jeune albinos qui avait l'air de sortir du lit. Il se gratta les fesses, renifla, rejeta en arrière une mèche de cheveux blancs, attendit.

– En quoi pourrais-tu nous être utile, Adrien ?

– Je n'ai aucune envie de vous être utile, monsieur.

– Pourquoi ?

– Vous avez un costard cravate qui pue le pouvoir, la coiffure de celui qui se la joue cool, l'allure d'un alcoolo, un faux air rassurant et une montre qui pourrait financer la reconstruction de Haïti.

– Sais-tu à qui tu parles ? s'offusqua le ministre.

– Je viens de vous le dire.

– Pourquoi crois-tu que tu es là, Adrien ? demanda Lanval.

– Parce que je suis un putain de hardcore gamer.

– Et tu penses rester ici toute ta vie ?

– Dehors, c'est chiant. Ce qui me plaît, ce sont les théâtres virtuels de guerre.

Le ministre se tourna vers le docteur Sheffer :

– Cela fait six mois qu'il est ici ?

Le pédopsychiatre se justifia :

– Comme pour les autres patients, nous n'avons pas cherché à le sevrer de son addiction. Au contraire, nous avons exploité sa pathologie pour élargir ses compétences en informatique et canaliser des facultés exceptionnelles comme l'instinct, les réflexes, de fantastiques capacités d'observation, un sens tactique peu commun. Adrien a le don d'évoluer dans un monde très hostile. Il ne se sent à l'aise que dans l'insécurité. La guerre, le conflit, le chaos, contribuent à son équilibre. Revers de la médaille, il n'est pas apte à s'insérer dans notre société sécurisée.

– Je suis le meilleur dans ma spécialité, m'sieur, se vanta Adrien.

– Et quelle est ta spécialité ?

– Les missions de reconnaissance, d'infiltration, d'action, de récupération de données, d'exfiltration.

– Rien que ça ! Vous avez des références ?

– Splinter Cell, Killzone, Defcon, MGS, COD, GTA, WOW... je continue, m'sieur ?

– Non, ça va, ces acronymes ne me disent rien.

– Pour parler votre langue, j'ai étudié les armements expérimentaux et la sécurisation des informations, j'ai été membre des Navy Seals et de Fox Hound, agent de la CIA, de la NSA et de Echelon 3. Je suis censé avoir un QI de 180. J'ai affronté des triades, des ultranationalistes russes, j'ai infiltré les lignes nord-coréennes, mené des actions d'éclat lors de la crise d'Outer Heaven ou de l'émeute de

Zanzibar. Que je m'appelle Sam Fisher, Raiden, sergent Jack Evans, Alexei Ivanovitch Vorovin ou Duke Nukem, je suis le meilleur, j'vous dis.

– Et l'esprit d'équipe ?

– Je l'ai développé surtout avec *Call of Duty* pendant la Seconde Guerre mondiale, m'sieur.

– Les soldats américains s'entraînent sur des théâtres virtuels de guerre similaires à ceux dont parle Adrien, précisa Anton Sheffer.

– À l'écouter, il pourrait diriger une unité.

– Ce sera le cas, dit Sheffer.

– On va botter des culs, m'sieur.

– Son dossier stipule qu'il a encore ses parents. Cela ne pose pas de problème ?

– Ce sont des parents que je qualifierais d'inexistants, rétorqua Sheffer.

– Mes vrais parents sont Solid Snake et Lara Croft, m'sieur. Pas ces deux schnocks qui portent le même nom que moi et les mêmes chaussures que vous, et qui passent leur temps à s'enfiler des Margarita à Malibu ou des Malibu à Margarita, je sais plus trop.

– Êtes-vous de taille à remplir une mission dans la vraie vie ?

Adrien demeura muet, ce qui permit à tout le monde d'entendre la sonnerie du mobile du ministre. L'adolescent le pria de prendre la communication et de mettre le haut-parleur.

– C'est sûrement votre épouse, m'sieur.

– Comment... ?

– Allez-y et mettez le haut-parleur, insista Adrien.

Le ministre, dubitatif, s'exécuta.

– C'est bon, lui annonça son épouse au téléphone.
– Qu'est-ce qui est bon ? demanda le ministre.
– Le virement.
– Quel virement ?
– En faveur de l'AIAS.
– De quoi parles-tu, Héloïse ?
– Je me suis occupée du virement en urgence et je t'appelle pour te confirmer qu'il est bien passé.
– Quoi ? Comment ? Quand ?
– Il y a une heure, tu as déjà oublié ? Chéri, qu'est-ce qui t'arrive ?

Le ministre leva les yeux sur Adrien qui esquissait un sourire narquois. Le ministre raccrocha au nez de son épouse.

– Qu'est-ce que c'est que cette histoire ?
– J'ai piraté votre mobile, m'sieur. J'ai récupéré votre voix sur votre messagerie et je l'ai reconstituée grâce à un logiciel des répliques pour demander à votre femme par téléphone d'effectuer un virement. J'ai validé la conversation via un SMS qui lui communiquait les coordonnées bancaires de l'AIAS.
– Un virement de combien ?
– Mille euros. Une paille.
– Une paille ? Et je peux savoir à qui je viens de verser mille euros ?
– L'AIAS. L'Academy of Interactive Arts and Sciences. Une organisation à but non lucratif chargée de promouvoir les jeux vidéo. Vous êtes désormais sur la liste des généreux donateurs. Félicitations.
– Tu es taré ou quoi ? s'écria le ministre.
– Taré, m'sieur. C'est pour ça que je suis là.

– Soyez beau joueur, monsieur le ministre, temporisa Sheffer. Adrien vient de vous démontrer sa maîtrise de la réalité augmentée.

– Vous pouvez disposer, ordonna le ministre à Adrien. Mais ne vous avisez plus de me jouer ce genre de tour.

– Une dernière chose, lança Hartford. Accepterais-tu d'utiliser tes talents pour protéger la planète ?

– Des pays, des donjons ou des planètes, j'en sauve tous les jours, m'sieur. Commandez les pizzas, je m'occuperai du reste.

– Merci Adrien, dit Sheffer.

L'adolescent porta sa main au front de façon martiale et se retira.

– C'est complètement fou, se plaignit le ministre chamboulé par les tests qui l'avaient mis à rude épreuve.

– Une drôle de brigade que nous avons constituée là, concéda le colonel.

Niveau quatre
LA MISSION

23.

Les six membres du programme Noé étaient à nouveau réunis dans la salle du conseil. À la demande de Sheffer, Paul Hartford avait préparé un exposé destiné à ses associés :

– La Méditerranée est devenue l'une des zones les plus dangereuses au monde.

Hartford savait capter l'attention du public avant de développer son sujet.

– Elle est en effet la région du globe qui détient le plus fort pourcentage d'espèces menacées. La moitié des populations de requins y sont proches de l'extinction. À cause de la pêche intensive, de la pollution, de la destruction des habitats, de l'absence de quotas, à cause des palangres de cent kilomètres exterminant tout sur leur passage, à cause du finning…

– Le finning ? l'interrompit France.

– Le trafic d'ailerons de requins… Voilà où je voulais en venir. L'essor économique de l'Asie a multiplié les nouveaux riches qui désirent s'offrir ce mets impérial jadis réservé à l'élite. La superstition prétend que cet appendice cartilagineux, servi en soupe et sans aucune saveur, garantit force et longévité, agit contre le cancer et les déficiences sexuelles. Vendus quatre-vingts centimes le kilo, les ailerons sont monnayés deux cents euros le kilo sur les marchés asiatiques. Une nageoire peut atteindre les dix mille dollars. À Hong Kong, des dizaines de millions d'ailerons sont écoulés chaque année. Seule la drogue rivalise avec ce business juteux. Du coup, toutes les mafias s'y sont intéressées, en particulier la mafia taïwanaise. Les pêcheurs découpent les ailerons sur les requins vivants avant de les rejeter à la mer pour ne pas encombrer les cales. Le finning est interdit en Europe, mais il n'y a pas de contrôle. Et comme aucun quota n'a été fixé pour la pêche aux requins et qu'aucune loi n'oblige à débarquer les ailerons et les carcasses dans le même port, il est facile de contourner la législation de Bruxelles. Ainsi, la moitié des ailerons surgelés vendus à Hong Kong provient d'Espagne, là où nous retrouvons Hanco via sa filiale Taïco.

– Excuse-moi Paul, l'interrompit Lanval. À l'origine, c'est pour lutter contre les catastrophes écologiques que nous avons créé le programme Noé. Mais en quoi la disparition de ces animaux, aussi tragique soit-elle, constitue-t-elle une menace pour un écosystème ?

– Une menace pour un écosystème ? Mais c'est la nature tout entière que le finning met en péril ! Les requins sont des prédateurs tout au sommet de la chaîne alimentaire. Leur rôle est donc primordial. Ils font ce que les autres poissons ne font pas : ils éliminent les poissons malades, les animaux déficients, les cadavres. Ce rôle d'épurateur biologique est indispensable. Ensuite, ils garantissent la bonne évolution des espèces, car, à leur contact, seuls les plus forts et les plus résistants survivent. La diminution du nombre des requins engendre inévitablement une dégénérescence de leurs proies et laisse la place à des espèces inférieures herbivores. La chaîne alimentaire glisse vers le bas et la nourriture se raréfie. Bientôt, on sera condamnés à bouffer des méduses et des vers marins.

– Beuurrk ! grimaça Laurent.

– Je n'ai pas mentionné le plus grave. Contrairement aux idées reçues, le poumon de la Terre n'est pas la forêt mais la mer, premier producteur d'oxygène et recycleur de gaz carbonique. Le phytoplancton produit la majeure partie de tout l'oxygène de la planète. Or que se passe-t-il quand les gros poissons se raréfient ? Les petits poissons se multiplient. Et que mangent les petits poissons ? Du phytoplancton. Lorsque les requins auront été exterminés, le phytoplancton disparaîtra comme un steak au milieu d'un banc de piranhas. Plus de requins, plus de phytoplancton ! Selon les estimations des scientifiques, 90 % des requins ont déjà été éliminés. Leur massacre est donc une bombe écologique qui va nous exploser à la figure. Si on sait que la planète aura de plus en plus de mal à nourrir l'humanité et à fournir de l'eau potable en quantité suffisante, on ignore qu'un jour prochain elle n'offrira même plus la possibilité de nous faire respirer.

Un profond silence marqua la digestion de cette information. Satisfait de l'impact que son discours avait eu sur son auditoire, Hartford enfonça le clou :

– Plus de cent millions de requins sont exterminés chaque année. Cet animal vit depuis quatre cent cinquante millions d'années. Il est apparu bien avant les dinosaures et garantit depuis l'équilibre de l'écosystème marin. Son extinction marquera la fin d'une ère : la nôtre.

24.

– La neutralisation de Hanco et de Moon Kan est un acte hautement écologique, conclut Hartford au terme de son exposé.

– Ce genre de mission est au cœur du programme Noé, compléta Sheffer.

Les deux hommes avaient convaincu leurs associés que combattre un exterminateur de squales accorderait un sursis à l'écosystème.

– Il est hors de question de confronter nos jeunes à un individu comme Moon Kan Yun-Fa, contesta le ministre.

– Ce n'est pas ce qu'on exige d'eux, protesta Paul.

– Pour leur première mission sur le terrain, la prudence est de mise.

– Il s'agit avant tout de s'entendre sur le terme de « neutralisation », dit Sheffer.

– Fixons-nous l'objectif de collecter les preuves suffisantes pour incriminer Moon Kan, suggéra le colonel.

– Ces preuves se trouvent chez Moon Kan, soutint Sheffer. Sur l'île Sainte-Marguerite.

– On limiterait donc cette première mission à une extraction de données, conclut le colonel.

– Je suis d'accord, dit le ministre. Bornons-nous à une extraction de données. On pénètre chez Kan, on subtilise les infos et on ressort.

25.

Pour la troisième fois en quelques jours, les membres du programme Noé se retrouvaient à la Citadelle. Clément Lanval déplia un plan.

– L'île Sainte-Marguerite est la plus grande des îles de Lérins, séparée de Cannes par un détroit. Elle s'étend d'est en ouest sur trois mille deux cents mètres et du nord au sud sur neuf cents mètres. Sa superficie est de cent soixante-dix hectares dont cent cinquante-deux de forêt domaniale à travers laquelle ont été aménagés des sentiers balisés. Au nord, il y a le fort, un vieux cimetière marin et deux restaurants fermés en cette saison. À l'ouest, un étang et un poste de secours. À l'est, un téléphone public. Au sud, dans la partie la plus protégée de l'île, se trouvent la maison de l'ONF et la propriété de Moon Kan Yun-Fa, reliées au fort par l'allée des Eucalyptus.

– De quelles infos dispose-t-on sur cette propriété ? demanda Laurent.

– C'est la seule propriété privée de l'île. D'après mes sources, il s'agit d'un jardin séculaire de quatorze mille mètres carrés. Le domaine est protégé par un mur datant de Richelieu qui a été surélevé, renforcé et hautement sécurisé par le nouveau propriétaire. À l'intérieur, trois bâtiments : la maison du gouverneur où vit Moon, la maison des métayers réservée aux invités, et la tour carrée couverte d'un toit-terrasse panoramique.

– Vous avez bien vérifié que Moon y résidait ?

– L'acte est passé entre de nombreuses mains depuis Louis XIV. Les derniers propriétaires furent un sculpteur danois qui l'a revendu en 1982 à un promoteur cannois qui l'a cédé en 2008 à un homme d'affaires indien qui l'aurait revendu pour un montant astronomique à Moon Kan Yun-Fa. Celui-ci aurait transformé ce jardin d'Eden en bunker fortifié. Impossible de déterminer quels travaux ont été effectués mais on raconte que des pots-de-vin ont été grassement versés pour permettre des aménagements souterrains, indétectables par satellite. On a seulement pu noter que le toit-terrasse de la tour carrée a été modifié afin de permettre l'atterrissage d'un hélicoptère.

– Si Moon a investi une telle fortune dans un endroit aussi isolé et protégé, c'est pour cacher quelque chose, analysa Sheffer.

– Est-il possible de pénétrer par effraction dans ce bunker ? demanda le ministre au colonel.

– Il y a des caméras de vidéo surveillance un peu partout, des vigiles armés patrouillent vingt-quatre heures sur vingt-quatre et un système d'alarme sophistiqué protège séparément les trois bâtiments du domaine. Alors si vous me demandez mon avis, non, il n'est pas possible d'entrer chez Moon par effraction.

26.

– J'hésite à prendre le risque de les envoyer là-bas, déclara le ministre.

– Ils ont été formés pour ça ! s'énerva Paul Hartford en tapant sur la table.

Le ministre faillit s'offusquer avant de se rappeler qu'il n'existait pas de hiérarchie entre les fondateurs du programme Noé. Il justifia néanmoins son appréhension :

– Nous envoyons six gamins affronter un caïd de la mafia taïwanaise retranché dans un bunker ultra-sécurisé situé dans la partie la plus protégée d'une île déserte.

– Des gamins ? s'étonna Sheffer. Avez-vous oublié de qui nous parlons ? Nos pensionnaires ne sont pas des adolescents comme les autres. Ils ont développé des facultés qui les ont remarquablement aguerris. Elles sont l'aboutissement de traitements de choc, de formations intensives, d'entraînements draconiens et de sacrifices indéniables. Si nous n'allons pas jusqu'au bout du programme Noé, ces facultés se nécroseront. Nos efforts n'auront servi à rien. Sem, Adrien, Méline, Laurie, Gwendoline et Diego constituent aujourd'hui à eux six une force fantastique. Ils sauront non seulement remplir cette mission, mais aussi se défendre efficacement en cas de problème. Si je ne pensais pas ce que je suis en train de dire, croyez-vous que j'enverrais mon propre fils sur cette île ?

– Sans oublier, ajouta Hartford, que ces jeunes ne demandent qu'à mettre en pratique leurs talents, comme nous avons pu le constater lors des tests.

Après avoir obtenu les soutiens de Hartford et Lanval, Anton Sheffer avança l'argument auquel le ministre ne manquerait pas d'être sensible :

– Les donateurs qui financent le programme Noé vont très prochainement exiger un retour sur leur investissement.

– Il est vrai que certains d'entre eux s'impatientent.

– Je propose qu'on passe au vote, dit Lanval.

À l'écart des débats habilement menés par Sheffer, France et Laurent justifièrent leur présence en participant à ce vote.

Six mains levées entérinèrent l'unanimité requise.

Niveau cinq
L'ÎLE

27.

Le bateau naviguait presque à vide. À la proue, un couple de randonneurs en ciré fixaient l'horizon, prêts à sillonner les sentiers forestiers de Sainte-Marguerite. La météo peu clémente leur réservait un parcours boueux et venteux.

Dans la cabine, France et Laurent buvaient un mauvais café en gardant un œil sur les nombreux bagages qu'ils trimballaient. Le roulis leur donnait la nausée.

– Heureusement que la traversée ne dure que quinze minutes, dit France.

– On ne pouvait pas choisir un plus mauvais jour, acquiesça Laurent.

– C'est l'aventure.

– Ton ancien job ne te manque pas ?

– J'aime ce que je fais, transformer des handicaps en dons.

Sur le pont supérieur, les six patients du docteur Sheffer affrontaient les embruns dans leurs anoraks. Ils ne voulaient rien manquer du spectacle procuré par cette minicroisière qui les sortait de leur caserne.

– C'est la première fois que je prends le bateau, avoua Gwendoline à Méline.

– Je l'ai déjà pris une fois pour aller en Corse, il y a longtemps, je ne me souviens plus trop…

– La Corse ? La chance.

– Le seul voyage que j'ai fait avec mes parents, ouais. Ils ne m'emmenaient jamais, sauf cette fois-là, en Corse, j'étais trop petite pour qu'ils s'en aillent sans moi. Les tiens, ils t'emmenaient ?

– Ma mère, elle passait son temps à ramener des ivrognes à la maison. L'idée de m'emmener en vacances n'a jamais dû lui effleurer l'esprit.

– Elle faisait quoi comme boulot ta mère ?

– Laisse tomber.

– Moi, mes parents, ils travaillaient dans un hôpital. Je t'explique pas le temps qu'ils consacraient à leur boulot ; le peu que je les voyais, j'avais l'impression de les gêner, d'être là en trop, sans raison valable…

– Les parents, soit ils te reprochent d'être venus au monde pour les emmerder, soit ils te mettent au monde pour t'emmerder.

– … du coup quand ils se sont tués dans un accident de bus, au cours d'un voyage en Inde je crois, j'ai pas eu l'impression d'un grand manque, comme je dis toujours, ils sont partis alors qu'ils étaient déjà partis…

– Heureusement qu'ils ne t'avaient pas emmenée.

– Ils répétaient que j'étais une vraie pile, que je pouvais pas rester en place.

– Pour voyager, c'est plus pratique.

– De quoi ?

– Non rien. Hé, t'as vu les beaux gosses derrière ?

À la poupe, éparpillés sur des bancs, un groupe de jeunes en survêtement aux couleurs d'un club de karaté chahutait bruyamment. Certains lançaient des quolibets en direction des passagers un peu étranges.

– Je me pèle, je descends, annonça Laurie.

La jeune gothique n'avait pas voulu troquer son pardessus noir contre une doudoune qui lui aurait donné l'air d'un phoque obèse. Elle se dirigea vers les escaliers en tanguant, ce qui attira l'attention des sportifs.

– Crooâââ ! fit l'un d'eux.

– Vaut mieux ressembler à un corbeau qu'à un blaireau, persifla-t-elle.

Clameurs amusées dans les rangs. Un survêtement qui enveloppait un paquet de muscles lui barra l'accès aux escaliers.

– Tu sais ce qui a perdu le corbeau face au renard dans la fable ? Il avait une trop grande gueule.

– Je voudrais descendre, dit Laurie.

– Maître corbeau, sur un arbre perché, tenait dans son bec un fromage...

Laurie lança un regard à Diego. Une étrange connexion reliait les deux adolescents. Le géant rappliqua en déclenchant des rires sarcastiques.

– Maître renard par l'odeur alléché... continua le karatéka poète.

– Je voudrais descendre, répéta Laurie.

– Lui tint à peu près ce langaaaaaaa...

Sans finir son octosyllabe, le sportif décolla aussi vite qu'une fusée et retomba sur ses camarades comme un obus désamorcé.

Laurie en profita pour s'engouffrer dans les escaliers et se réfugier à l'abri. Elle vissa une paire d'écouteurs dans ses oreilles et régla le volume à fond pour couvrir les bruits au-dessus d'elle.

France lui demanda s'il y avait un problème sur le pont.

Laurie ne répondit pas. Elle était ailleurs, dans les limbes utérins de Nirvana. *Rape me*. Laurent alla vérifier, laissant le champ libre à l'instructeur des karatékas qui lorgnait France depuis qu'il avait embarqué.

– Vous êtes éducatrice spécialisée ?

– Spécialisée est le terme.

– Je m'appelle Franck.

– Vous ne surveillez pas vos élèves ?

– Nous sommes un club de karaté, y a pas de soucis.

France détestait certaines expressions comme « y a pas de soucis » ou « ça le fait ». Un énorme bruit juste au-dessus d'eux coula l'entreprise de séduction entamée par Franck. L'instructeur se leva à contrecœur pour aller s'assurer que rien de grave n'était arrivé. Il zippa un coupe-vent sur son survêtement, s'engagea dans l'escalier et s'accrocha à la rampe. Au niveau du pont supérieur, on était encore plus ballotté par la Méditerranée agitée. Franck rejoignit Laurent qui essayait de raisonner un Diego surexcité. Il chercha ses élèves, les trouva par terre, pliés en deux sur leurs intestins.

– Que s'est-il passé ? s'écria-t-il atterré.

– Le mal de mer, répondit Laurent.

28.

Les passagers débarquèrent sous la pluie et dans la confusion. Franck pestait encore contre Laurent et le comportement de ses cas sociaux, France usait de son charme pour tempérer l'instructeur. Le pilote annonça que le dernier bateau partait à dix-sept heures. Les deux randonneurs, rebutés par l'orage, remontèrent aussitôt à bord.

Le fort Royal était situé à dix minutes à pied. Intégré à un à-pic rocheux, l'ouvrage surplombait la mer, à une trentaine de mètres d'altitude. Un éclair déchira le ciel noir au-dessus du sémaphore.

– Le fort a servi de prison au Masque de fer, souligna Laurent sans vérifier si l'information intéressait quelqu'un.

– On croirait débarquer sur Shutter Island, dit Adrien en écho.

– C'est quoi Shutter Island ? demanda Gwendoline.

– Un jeu vidéo.

Ils accélérèrent la cadence. Après avoir franchi la grande porte, ils se retrouvèrent au milieu d'une cour pentagonale. Le fort était flanqué de quatre bastions qui défendaient ses arrières côté terre.

Il subsistait une chapelle et des édifices en pierre jadis affectés aux troupes, aux magasins d'artillerie et aux geôles. La végétation omniprésente avait envahi les remparts et quelques hangars en ruine.

Ils laissèrent filer les karatékas qui semblaient savoir où ils allaient et repérèrent Laurent qui leur faisait signe sur le perron d'une bâtisse d'où filtrait de la lumière.

Une jeune femme prénommée Ninon les accueillit en s'excusant presque de la météo.

– Nous aurions dû fermer le centre depuis une semaine, dit-elle en les menant aux dortoirs. Il n'y a qu'un groupe de karatékas avec vous.

– On les a rencontrés sur le bateau, l'informa Laurent.

– Le déjeuner sera servi à midi.

Les chambres étaient meublées de lits superposés. Laurent laissa les six jeunes s'installer et emménagea avec France dans la pièce contiguë.

Déstabilisé par le changement de décor, Sem resta planté au milieu du dortoir. Gwendoline et Méline s'octroyèrent deux lits jumeaux un peu à l'écart dans une alcôve.

Diego, lui, s'assit sur le lit au-dessus duquel Laurie s'était perchée.

– Tu préfères être en haut ou en bas ? demanda Adrien à Sem.

Faute de réponse, il jeta son sac sur la couchette supérieure, grimpa à l'échelle et alluma sa Nintendo 3DS.

Diego lâcha un gros pet qui fit pester Laurie :

– Y a quelqu'un pour montrer à Diego où sont les chiottes ?

– Vas-y toi, dit Gwendoline. Y a que toi qu'il accepte de suivre.

– Putain, l'odeur remonte, faites chier.

– C'est dégueulasse, hurla Gwendoline.

Elle pulvérisa du déodorant sur Diego qui piqua une crise face à l'agression.

– Ça schlingue ton désodorisant, se plaignit Adrien.

– D'abord c'est pas un désodorisant. Ensuite, vu le nombre de fois où tu te laves, je ne m'étonne pas que tu préfères respirer les gaz merdeux !

Laurent entra dans la chambre pour mettre un terme aux chamailleries, calmer Diego et aider Sem à s'installer. Ils déballèrent leurs affaires, principalement constituées de masques et de costumes bariolés qu'ils enfermèrent dans leurs armoires respectives.

Après le déjeuner, France et Laurent sortirent explorer l'île avec le petit groupe. Ils empruntèrent l'allée des Eucalyptus. Le sentier balisé collait aux semelles, la pluie avivait les essences boisées et résineuses. L'île était petite et les distances courtes. Moins d'un kilomètre les séparait de la maison de l'ONF, inoccupée. Ils continuèrent en bifurquant vers l'est et tombèrent sur l'enceinte de la propriété de Moon Kan Yun-Fa. Le mur s'élevait à plus de deux mètres. Une caméra discrètement nichée dans un palmier changea automatiquement d'orientation et son objectif les prit pour cible.

– Elle est branchée sur un détecteur de mouvements, avertit France. Ne la regardez pas.

Ils effectuèrent le tour de la propriété en passant par le chemin de ceinture et achevèrent leur repérage devant le portail blindé.

– C'est là que nous avons rendez-vous demain soir, dit Laurent.

Loin de Sheffer resté à Nice, c'était désormais à eux de jouer.

29.

Le jeune karatéka était à bout de souffle. Ses camarades l'avaient distancé depuis un certain temps. Ils devaient déjà être parvenus au fort. La nuit n'avait pas attendu le soir pour tomber. Elle semblait toujours en avance sur l'île.

Un coup de poignard dans la cuisse l'immobilisa. Plié en deux, il se mit à maudire la déchirure musculaire qui venait de le paralyser. Le karatéka se traîna en grimaçant et boita vers le fort. Sur sa droite, le cimetière marin donnait au lieu un air macabre qui l'incita à accélérer le rythme malgré la douleur. Sa jambe l'en empêcha. Il s'appuya à un pin et chercha à réguler sa respiration, à retrouver son calme comme le lui enseignait son instructeur. Une silhouette étrange remua entre deux pierres tombales. D'un revers de coude, il essuya la sueur qui coulait de son front. Une deuxième forme bougea dans la pénombre.

Un squelette.

Des êtres étranges circulaient entre les sépultures. Un petit monstre hideux perça l'obscurité avant d'être gobé par la forêt.

– Y a quelqu'un ? bredouilla le karatéka.

Des bruits de pas et des ricanements firent écho à son appel. Des craquements l'encerclèrent. Quelque chose se déplaçait dans les arbres au-dessus de lui. Il oublia son claquage et déguerpit aussi vite que sa claudication le lui permettait.

– Quel naze, commenta Adrien sous sa cagoule de latex.

L'albinos avait endossé le déguisement d'un gobelin, avec deux grandes oreilles sur la tête et une pilosité hyper développée.

– Il a eu peur, dit simplement Sem dans un costume de squelette dont l'effet était saisissant.

– Au moins, ça prouve que nos accoutrements sont réalistes, ajouta Gwendoline.

Celle-ci avait jeté son dévolu sur le maillot de Vampirella et accepté finalement de l'enfiler sur une combinaison couleur chair censée l'empêcher d'attraper froid.

Un singe atterrit devant eux. C'était Méline, travestie en King Kong.

– Comme il a détalé ! se gaussa-t-elle sur un timbre caverneux.

Un drôle de grognement mêlé à de lourds piétinements annonça le ralliement d'une immense créature orange qui déboulait sur eux les bras ballants. Diego avait pris l'apparence de la Chose, membre surhumain des Quatre Fantastiques. Il avait voulu se transformer en Hulk, mais on lui avait conseillé d'opter pour la Chose dont la couleur était plus adaptée à Halloween.

Un peu à l'écart, Laurie se recueillait sur la tombe du capitaine Rimbaldi dont le navire s'était échoué au large des îles de Lérins. En guise de déguisement, elle avait gardé son look gothique, forçant à peine sur le maquillage noir, façon Marilyn Manson.

– Quelqu'un de ta famille ? lui demanda Gwendoline.

– J'ai plus de respect pour les morts que pour les vivants. Ils sont moins sinistres et font moins chier.

– On y va, dit Laurent en jaillissant de derrière une vieille stèle, vêtu d'un simple treillis militaire et muni d'une lampe de poche.

30.

– Des bonbons ou la mort ?

Vampirella tendit son panier au vigile ventru qui avait fini par entrouvrir le portail. À force de se tortiller devant le vidéophone et de chatouiller la sonnette, la créature sulfureuse avait poussé le gardien replet à venir la reluquer de plus près. À ce moment seulement, il réalisa qu'elle était entourée par une marmaille braillarde habillée pour le carnaval.

– Barrez-vous les gosses ! grogna le vigile.

– Des bonbons ou la mort ? hurlèrent-ils.

– On n'a pas de bonbons, ici.

– Des bonbons ! Des bonbons ! Ou la mort !!!

– Vous êtes bouchés ? Il n'y a personne ici. Je suis le gardien.

– Alors ce sera la mort, avertit Laurie en le pointant du doigt.

– La mort !... La mort !... La mort ! reprirent-ils en chœur.

– Dégagez !

– La mort !... La mort !... La mort !

– Ça suffit maintenant ! Où est votre responsable ?

– C'est moi, la responsable, déclara Gwendoline en ondulant.

– T'as quel âge toi ?

– Cinq cents ans. Je suis Vampirella et je vais sucer ton sang. Ce sera ma friandise...

Elle glissa sa main derrière son cou. Il loucha sur son décolleté.

– Je... vous ne pouvez pas entrer... dit-il en reculant mollement.

– Toi, tu t'appelles comment ? lui demanda Laurie.

– Qu'est-ce que ça peut te faire ?

– T'as une tête à t'appeler Garcia. Comme le sergent.

– Tu me cherches ou quoi, la merdeuse ?

– Qu'est-ce qui se passe JB ?

La question était posée par un deuxième gardien venu en renfort. Il tenait en laisse un doberman retors qui lui ressemblait. Vampirella se colla contre le ventre renflé de JB pendant que le reste de la troupe forçait le passage, entraînant les deux gardes hors du champ de la caméra de surveillance qui était en train de les filmer. Ce qui arriva ensuite ne fut donc pas enregistré.

Tout alla très vite.

JB agrippa Vampirella sans qu'elle sache si c'était pour la peloter ou la repousser.

Laurie couina.

Un coup de poing orange de la taille d'une brique catapulta JB dans un massif d'iris.

King Kong shoota dans le bas-ventre de l'autre gardien qui se plia en deux juste avant d'être cloué au sol par un coup de coude.

Le doberman bondit sur le gorille synthétique, fut intercepté comme un ballon de rugby en plein vol par la Chose et dégagé en touche au-delà du mur d'enceinte.

Les créatures d'Halloween se retrouvèrent avec deux types inanimés à leurs pieds.

– On les emmène, commanda le gobelin.

Ils se courbèrent sur les deux corps et les traînèrent entre les cèdres du Liban et les cyprès jusqu'à la maison du gouverneur dans laquelle résidait Moon Kan. L'immense bâtisse en pierres, rénovée dans les règles de l'art, était cernée par un jardin paysager luxuriant tacheté de photophores multicolores. Une piscine invisible projetait des reflets sur la façade, donnant l'impression que la maison bougeait. À l'intérieur, le salon était éclairé par la lueur d'une télévision géante qui diffusait un match de football. Des volutes de fumée s'élevaient d'un immense sofa. Depuis leur position, ils ne distinguaient pas qui se trouvait dans le canapé.

– Il a l'air tout seul, observa le gobelin.

– J'y vais, chuchota Laurie.

– Non, il faut l'attaquer par surprise.

– Je vais capter son attention. Vous n'aurez qu'à le prendre à revers.

Elle fit glisser la porte de la baie vitrée et pénétra dans le salon. Le buste d'un homme jaillit de derrière le dossier du sofa comme dans un spectacle de guignol. Il était blond, carré, immense, vêtu d'une chemise hawaïenne. Laurie traversa le salon devant lui en direction de la cuisine, ouvrit le frigo et se servit une canette de boisson énergisante qu'elle dégoupilla sous le nez du Viking.

– Putain mais t'es qui toi ? gueula-t-il.

– Buuurrrrp ! fit-elle au terme d'une interminable lampée.

Laurie fixa le poitrail du Viking, écarquilla les yeux débordant de larmes provoquées par la boisson gazeuse et se figea, stupéfaite. Déstabilisé, le géant blond lui demanda :

– Quoi, qu'est-ce qu'il y a ?

– Ça se vend encore ce genre de chemise ?

Le type sortit son arme.

– Tu vas me dire qui tu es ?

– Je suis la fille de JB. Il m'a dit texto de l'attendre ici en compagnie du grand con en train de mater le match de foot.

– JB a une fille ?

– Y a rien d'autre à la télé ?

Le Viking se contracta. Deux raisons lui valaient cette soudaine raideur : l'aplomb de l'adolescente fantomatique devant lui et une chape de plomb sur les épaules.

Le grand blond tomba comme un tronc aux pieds de la Chose qui émit un geignement de satisfaction. Sous son déguisement, Diego semblait prendre goût à taper sur les autres. Surtout pour porter secours à Laurie. Celle-ci s'empara du revolver du Viking et chercha un endroit où enfermer les trois gardiens inanimés.

Pendant ce temps, le gobelin fila en compagnie du squelette au bout d'un long couloir. Ils firent irruption dans une pièce cossue équipée en matériel informatique et ornée de têtes d'animaux naturalisés. Quelques fusils de chasse au mur et des peaux de bêtes au sol complétaient la décoration. Le gobelin siffla d'admiration devant l'ordinateur dernier cri qui trônait sur le bureau.

– Damned, c'est un prototype de la Nasa ce PC ! Il n'est même pas encore sorti en France.

Dans son dos, le squelette était terrifié par la faune qui essayait de traverser les murs. Le gobelin tenta de le rassurer :

– Panique pas, Sem, ils sont empaillés. Tu risques plus rien.

Adrien ôta son masque aux grandes oreilles et tira le clavier vers lui.

– Merde, c'est du chinois... Sem, tu comprends quelque chose... ? Sem... ?

Le jeune autiste tremblait dans son déguisement de squelette. Il perdait pied.

– Adrien, les animaux empaillés, je crois qu'ils sont en train de me parler.

– Oh la galère...

Adrien appela les autres en urgence pour qu'ils l'aident à cacher les mufles cornus et les dentures agressives sous des plaids, des torchons et des rideaux.

Vampirella retroussa la combinaison de Sem jusqu'aux épaules pour qu'il se sente plus à l'aise.

– On peut s'y mettre ? s'impatienta Adrien.

– Ne le brusque pas, dit-elle.

– C'est un clavier qwerty avec une méthode syllabaire basée sur le bopomofo, déclara Sem.

– Le quoi ? s'exclama Adrien.

– Une transcription phonétique utilisée sur les claviers taïwanais pour la saisie de texte.

– Putain, j'espère que tu comprends ce que tu dis.

– Avant de venir sur l'île, j'ai appris le mandarin.

Adrien alluma le PC et se retourna vers le reste de l'équipe.

– Vous avez vérifié qu'il n'y a plus personne dans la villa ?

Des pas dans l'escalier leur parvinrent en guise de réponse.

31.

Le craquement des marches les paralysa tous, à part la Chose qui se dandinait devant un miroir. L'individu qui descendait produisait un tintement. Sous les directives d'Adrien, les monstres se répartirent dans des cachettes plus ou moins stratégiques. L'effet de surprise serait garanti par leurs déguisements. Accroupie derrière un énorme ficus, Laurie pointa vers le bruit étrange l'arme qu'elle avait récupérée sur le Viking. King Kong tendit un bras velu vers l'interrupteur et alluma soudain le couloir.

Face au singe, une femme dans l'escalier lâcha un cri et un plateau sur lequel tremblaient une tasse et une soucoupe. King Kong bondit sur elle et l'immobilisa au pied des marches. Une clef de bras dans le dos et un canon de revolver contre la tempe, la femme se mit à répondre aux questions de Laurie. Il s'agissait de la domestique. Ils étaient quatre à occuper les lieux en l'absence de Moon Kan Yun-Fa qui s'était rendu à une soirée de gala à Monaco. King Kong alla quand même s'assurer qu'il n'y avait plus personne au premier étage.

Laurie dégotta un rouleau de ruban adhésif et scotcha la servante au fond d'un fauteuil pendant que la Chose la maintenait assise en lui broyant les épaules. Laurie sortit son arme et fit rouler le barillet sous le nez de sa prisonnière.

– Pourquoi j'ai pas d'arme, moi ? l'interpella Vampirella.

– Tu la mettrais où ?

– T'as des suggestions ?

– Nous y voilà Sem, s'écria Adrien en faisant apparaître la fenêtre numérique qui requérait un mot de passe. Il faut remplir les six cases.

Sem connaissait Moon Kan Yun-Fa à travers une fiche signalétique succincte qui avait été préparée à son intention. Né le 25 janvier 1955 à Taipei, marié à l'actrice franco-chinoise Lili Li avec laquelle il avait eu deux enfants, Moon Kan Yun-Fa était lié au groupe Hanco depuis seize ans. Ses principaux hobbies étaient le golf et le safari. Il n'existait aucune photo récente de lui.

Sem quitta subitement la pièce.

– Qu'est-ce qu'il fout ? demanda Adrien.

– J'sais pas moi, il va aux toilettes, non ? rétorqua Vampirella.

– Ramène-le putain, on n'a pas trois plombes.

– Tu me parles autrement, l'avatar, OK ?

– Tu ne sais même pas ce que c'est un avatar.

– Il suffit de te regarder, tout petit et mal foutu.

– Tu confondrais pas avec avorton ?

– Si tu préfères te faire traiter d'avorton, pas de problème.

Elle lui tourna le dos et rejoignit Sem dans le salon. Celui-ci avait le nez dans les CD. Le propriétaire des lieux écoutait principalement du jazz et du blues. L'un des disques intitulé *Hell Froze Over* était signé d'un groupe taïwanais baptisé BoPoMoFo. Comme la méthode syllabaire. Sem examina ensuite la cuisine, une salle de billard, une salle à manger, une salle de sport dans laquelle avaient été soigneusement rangés des clubs de golf, une pièce conçue pour la projection de films où l'on avait stocké une majorité de productions policières chinoises.

Puis il monta au premier étage, toujours escorté par Vampirella. Méline leur barra le passage. Son costume de King Kong était déroulé jusqu'à la taille. Elle semblait désorientée.

– Qu'est-ce que t'as ? demanda Vampirella.

– Je sais pas... je sais plus ce que je suis venue chercher.

– T'as rencontré quelqu'un ?

– Non... Ah oui !... Il n'y a personne. Vous pouvez redescendre.

Sem ignora son conseil et inspecta la chambre de maître. Elle était vaste et dépouillée, égayée par deux estampes et une photo de Moon Kan posant dans la savane avec une proie sous sa botte. Deux photos de ses filles étaient placées sur les tables de chevet.

– Je me verrais bien dans ce grand lit avec toi, lui confia Vampirella sans réussir à le distraire.

Il examina les chambres des deux filles de Moon Kan. Elles étaient agencées sans personnalité. Apparemment, les gamines ne vivaient pas là.

Sem tourna sur lui-même. Il était au cœur d'un paysage mental ressemblant à un terrain de golf verdoyant déroulé dans une savane jaune et rouge jonchée d'animaux morts et de requins amputés, peuplée de musiciens noirs, de policiers hongkongais surexcités, de fillettes en robes multicolores jouant à la corde à sauter à l'ombre d'un ginkgo biloba géant.

– Sem ?

Il revint à une réalité qui avait pris les traits de Gwendoline travestie en Vampirella.

– Sem, les autres s'impatientent en bas.

Elle l'entraîna au rez-de-chaussée. En son absence, Adrien avait allumé un deuxième ordinateur posé sur un secrétaire Louis XVI.

– Celui-là, il est encore pire, s'excitait l'albinos. Le clavier est carrément en chinois.

– J'arrive… je réfléchis… murmura Sem.

Moon Kan Yun-Fa avait dû sécuriser son mot de passe en utilisant le bopomofo. Pas de chiffre donc.

– Il faut chercher des lettres, déclara Sem.

– Cool, il ne nous reste plus que quelques milliards de combinaisons possibles, dit Adrien.

Pour Sem, Moon Kan compartimentait sa vie familiale et professionnelle. Rien ne faisait allusion à la première dans ce bureau consacré à son activité de tueur animalier. L'univers secret du Taïwanais baignait dans la mort. Pour y accéder, il fallait un mot de passe qui ne soit pas discernable, donc étranger à cet univers.

– C'est quoi ce bruit ? s'inquiéta Sem concentré sur l'écran.

– C'est Diego, répondit Laurie. Il fait de la beatbox[1] devant la glace.

– Dis-lui de se taire, ça nous déconcentre, râla Adrien.

– Dis-lui toi-même.

– Ça vient, Sem ?

Il manquait quelque chose dans le paysage mental construit par Sem pour se représenter Moon Kan Yun-Fa. Mais quoi ? L'idée jaillit enfin. Il se tourna vers la domestique :

– Où est l'épouse de Moon ?

– Vous ne vous en sortirez pas comme ça, petits voyous ! Monsieur Kan sait que vous avez pénétré chez lui.

– Comment il pourrait le savoir ? rétorqua Adrien.

– En allumant l'ordinateur, vous avez déclenché une alarme reliée à son téléphone.

– Merde.

– Bravo le gobelin, railla Vampirella.

– C'est à cause de ce clavier en chinetoque, ça m'a trop gavé, j'ai pas fait gaffe.

– Moon doit revenir dans combien de temps ? demanda Sem à leur captive.

– Vous ne tirerez plus rien de moi, affirma l'employée consciente qu'elle en avait déjà trop dit.

– Tape « LILILI » suggéra Sem à Adrien.

– Ça signifie quoi ?

– C'est le nom de l'épouse de Moon.

1. Le human beatbox consiste à imiter vocalement une boîte à rythmes, des scratchs et des percussions.

Il s'exécuta.

Échec.

– Ça m'aurait étonné que Moon ait choisi le nom de sa pouffe comme mot de passe, commenta Adrien.

– Pourtant, c'est le cas.

– Comment tu le sais ?

– Il n'y a aucune photo de Lili Li dans cette maison. Aucune trace de sa présence. Moon la cache. La meilleure planque est cette fenêtre numérique. Elle est ici. Lili Li constitue une imperfection dans le monde parfaitement ordonné de Moon Kan.

– Une imperfection, mais de quoi tu parles ?

– Il faut interroger la domestique.

– Je ne vous dirai rien !

Laurie s'assit à califourchon sur les genoux de la femme et tourna la tête vers Adrien :

– Je peux commencer par moi ? lui demanda-t-elle.

– Fais ce que tu veux, mais magne-toi, dit Adrien.

Laurie ôta une épingle à cheveux, se retroussa une manche et entailla son propre bras avec délectation. Du sang dégoulina sur le visage de la servante.

– Tu vas voir, tu vas aimer ça, toi aussi.

La femme tremblait comme une feuille morte lorsque Laurie lui saisit le poignet.

– Que voulez-vous savoir ? bafouilla-t-elle.

– Merde, déjà prête à coopérer ? se plaignit Laurie.

– Il faut que vous répondiez sans réfléchir, lui dit Sem.

– Quoi ?

– Où se cache Lili Li ?

– Elle est retournée en Chine.
– Pourquoi ?
– Parce que sa famille vit là-bas.
– Elle n'est pas avec Moon Kan ? À Monaco ?
– Ils se sont séparés.
– Depuis combien de temps ?
Silence, suivi par un cri de douleur. Laurie venait de tracer un « M » sur le bras de la domestique.
– Laissez-moi le temps de réfléchir !
– On vous a précisé de répondre sans réfléchir, lui dit Laurie.
– Trois mois environ.
Apparemment, les fiches du colonel Lanval n'étaient pas à jour car elles ne mentionnaient pas ce fait.
– Pourquoi se sont-ils séparés ?
– Lili Li est très belle. Monsieur Kan est très jaloux. C'est tout ce que je sais.
– Comment l'appelait-il ?
– Quoi ?
– Lui donnait-il un surnom ?
La domestique hurla à nouveau. Laurie l'avait scarifiée d'un « O » à côté du « M ».
– Ma chérie ? Ma poule ? Ma chatte ? Ma connasse ? s'énerva Laurie. Tu veux d'autres exemples ?
– Ma poupée... ! Elle était sa poupée... C'est comme ça qu'il l'appelait.
Adrien tapa « poupée » dans la fenêtre.
– Pas bon, dit l'albinos.
– Essaye en anglais « mydoll », suggéra Adrien.
Échec.

Il tenta le mandarin :

– Wowawa ?

Échec.

Le téléphone sonna dans la poche de Vampirella. C'était Laurent.

Celui-ci faisait le guet à proximité de la propriété. Il appelait pour la deuxième fois. Il leur ordonna d'évacuer les lieux immédiatement. Ils avaient dépassé le temps limite.

– Sem est en pleine concentration, objecta Vampirella.

– Quittez cette maison maintenant ! commanda Laurent.

– Sem ? fit Vampirella.

Le jeune autiste était cloisonné dans sa projection mentale.

Lili Li est la clef du sésame.

– Il veut pas bouger, déclara Vampirella au téléphone.

– Passe-le-moi ! hurla Laurent.

Elle coupa la communication, énervée.

– Fait chier, celui-là aussi !

Elle alla secouer Sem :

– Magne-toi, je viens d'enfreindre un ordre pour tes beaux yeux.

Imperturbable, le jeune autiste fixait l'ordinateur de Moon Kan. Il ne regardait pas l'écran, mais l'unité centrale. Le PC était très récent d'après Adrien. Le mot de passe avait donc été choisi par Moon Kan depuis peu de temps. À la même époque que celle de sa séparation ! Le code était forcément lié à Lili Li.

Sem parla à voix haute :

– Ma poupée se dit « wo de wawa » en chinois, mais ça s'écrit avec quatre sinogrammes. Il en manque deux.

– Ma poupée de merde, grogna Adrien, ça représente combien de signes ?

– Ma poupée de Chine ! s'écria Sem en écho. Wo de zhongguo wawa ! Cela fait six caractères en mandarin classique.

Mais les sinogrammes traditionnels n'étaient pas inscrits sur le clavier en bopomofo. Sem se rappela qu'Adrien avait pesté contre le deuxième ordinateur dont le clavier était en chinois. Il lui demanda de brancher celui-ci sur le premier ordinateur et de taper les caractères suivants :

我的中国娃娃

La fenêtre s'éclipsa pour laisser apparaître un fond bleu.

32.

Des icônes pullulèrent à l'écran, dans toutes les langues, français, espagnol, mandarin, anglais. Sem conseilla à Adrien de lancer les recherches à partir des deux sinogrammes suivants :

蛙鞋

– Wa xié, prononça le jeune autiste.
– Ça veut dire quoi ?
– Ailerons.

L'ordinateur proposa une liste de fichiers. Adrien ouvrit celui que lui désignait Sem et afficha des graphiques, des colonnes, des nombres, des noms. Une nouvelle construction mentale commença à s'ébaucher dans l'esprit de Sem. Superbes cannelures taillées dans des chiffres polychromes, bas-reliefs façonnés de décimales, corpus parallèles harmonieux, volutes magiques, discrets reports de tantièmes constituant autant de motifs d'ornementation en forme d'étoiles, de gouttes, d'étincelles. Mais des discordances, dues à un mauvais ordonnancement, apparurent peu à peu.

L'ensemble comptable reposait sur des bases bancales. Cinquante mille ailerons étaient débarqués dans un port, cinq mille carcasses de requins dans un autre. Une différence d'un simple zéro, une petite ellipse qui rompait l'équilibre de l'édifice.

– Il faut copier ce fichier, dit Sem.

Adrien planta une clef USB dans un port de l'unité centrale et commença le transfert de données.

Un hurlement orienta tous les regards sur la domestique.

– Laurie, arrête ça ! s'exclama Méline.

– Cette folle continue de m'entailler le bras, cria l'employée.

Laurie lui avait gravé un « R ».

– Sem, faut que je rappelle Laurent, insista Vampirella.

Elle mangeait nerveusement un paquet de cookies déniché dans la cuisine.

– Non, pas encore.

Sem mémorisa les informations dans le laps de temps requis pour les copier. Adrien allait retirer la clef lorsqu'il lui montra d'autres fichiers. Ils figuraient dans le même dossier légendé par un nom étrange que Sem traduisit par :

PROJET BLACKZONE

– On n'a plus le temps, fulmina Vampirella.

Le dossier en question contenait quatre fichiers aux noms inquiétants. Outre *Ailerons*, il y avait *Puits de carbone*, *Marées noires*, *Zones mortes*.

Sem demanda à Adrien de tous les ouvrir avant de les transférer sur la clef USB.

– Sem, faut se casser ! gueula Vampirella la bouche pleine.

– Tout est sur la clef, dit Adrien. On peut y aller.

Elle jeta son paquet de biscuits et rappela Laurent.

– C'est bon, on arrive, lança-t-elle.

– Qu'est-ce qui est bon ? s'étonna son interlocuteur.

– Sem a trouvé les données et Adrien les a copiées.

– Quelles données ?

– Vous être bouché ou quoi ?

Des sueurs froides irradièrent le dos de Vampirella.

– Laurent ?

– Qu'est-ce que tu fous dans cette maison ?

– Qui parle ?

– Toi, qui tu es ?

Elle raccrocha et hurla :

– On est repérés ! Ils ont coincé Laurent.

– On s'arrache, annonça Adrien en ôtant la clef USB.

Un tintamarre assourdissant s'abattit soudain sur la maison. On aurait cru qu'un gigantesque hachoir était en train de découper les murs. Diego fut saisi d'une violente crise de panique.

– On nous bombarde ! s'écria Vampirella.

– Non, c'est les volets, dit Méline en désignant les fenêtres du bureau.

Un système de sécurité fermait toutes les issues.

Ils se précipitèrent dans le salon. Les baies vitrées étaient doublées par des rideaux de fer, comme toutes les ouvertures de la villa. Une immense chape de métal venait de les emprisonner.

Adrien prit vite conscience de la gravité de la situation : Laurent avait disparu et Moon Kan les tenait à sa merci.

Diego frappait contre les vitres. Le verre explosait sous ses poings qui allaient buter contre les volets métalliques. D'autres cognements, moins violents, attirèrent leur attention. Ils provenaient des toilettes.

– C'est quoi ça ? demanda Adrien.

– Les gardiens, répondit Laurie. On les a enfermés aux chiottes.

33.

La porte des WC valdingua. Trois mastards avides d'espace surgirent dans le salon. Ils s'arrêtèrent net face à un mur d'ados aux costumes retroussés jusqu'à la taille et regroupés autour d'une djeun new goth en position de tir.

– Tout doux, lança le Viking en présentant ses paumes à Laurie.

JB et Doberman levèrent les bras tout en avançant d'un pas.

– Un centimètre de plus et je tire, menaça Laurie.

– Qui êtes-vous ? demanda le Viking.

– Nous sommes des jeunes en costumes d'Halloween.

– On est en mission, déclara Adrien.

– On veeuut des bonbooooons ! compléta Diego.

– Vous vous êtes trompés d'endroit pour faire vos conneries, dit Doberman.

– Impossible de sortir, précisa JB. Les volets sont blindés, les accès verrouillés. Moon Kan et ses hommes vont vous tomber dessus avant même que vous ayez regretté d'être entrés ici.

– Qui est le chef parmi vous ? demanda le Viking.

– Moi, répondit Adrien.

– T'as vu jouer ça où ? s'offusqua Vampirella.
– Je peux parler à l'un de vous en privé ?
JB et Doberman tiquèrent devant la proposition de leur collègue.
– Qu'est-ce que vous entendez par « en privé » ? le suspecta Méline.
– Je désire transmettre une information importante à l'un d'entre vous.
– Pourquoi à l'un d'entre nous seulement ?
– Tu nous caches un truc ou quoi ? l'interpella JB.
– Alors, vous décidez quoi ? fit le Viking.
– Tu veux que je me charge de ce grand con ? proposa Laurie à Adrien.
– Non, c'est bon, je le prends. Méline, viens avec moi, tu me serviras d'arme.
Il la présenta comme une experte en arts martiaux afin que le Viking les suive docilement dans la cuisine. Pendant ce temps, Laurie ordonnait aux deux autres gardiens de reculer dans les toilettes.
– C'est toi qui commandes alors ? dit le Viking à Adrien.
– Quelle est votre information importante ?
– Qu'est-ce que vous fabriquez ici ?
– C'est pas une info, ça.
– Réponds-moi d'abord. Après je te raconte tout ce que tu veux.
– On est venus extraire des données confidentielles.
– Des données confidentielles ? Mais vous êtes des enfants !
– Et vous, vous êtes blond.
– Qui vous envoie ?

– Qu'est-ce que vous vouliez nous dire d'important ? intervint Méline.

Le Viking s'approcha un peu plus d'eux. Méline contracta ses muscles, prête à frapper un point vital.

– Je suis avec vous, murmura le Viking.

– Quoi ?

– Je m'appelle Thierry Orsini, je suis un agent de la DGSE infiltré dans l'équipe de surveillance de la villa de Moon Kan depuis un mois.

– Ce sont des conneries pour faire diversion et nous séparer.

– T'es un vrai stratège toi ! C'est en effet ce que j'ai raconté aux deux autres gardiens pour justifier notre aparté. Mais là où tu te trompes, c'est que je suis réellement un agent infiltré. Je cherche à récolter les preuves de l'implication de Moon Kan Yun-Fa dans un réseau de corruption et un trafic illégal entre l'Europe et l'Asie.

– Si c'est ça, alors vous êtes un gros nul.

– Pourquoi ça ?

– Parce qu'en un mois vous n'avez pas réussi à trouver ce qu'on a obtenu en moins d'une heure.

– Vous avez les données ?... Aïïïïïe !

Méline venait de lui perforer les côtes d'un coup de coude suivi d'une clef de bras douloureuse dans le dos. Sous le choc de la nouvelle, Orsini avait commis l'erreur d'avancer d'un pas. Il se dégagea facilement, prouvant qu'il maîtrisait également les techniques de combat rapproché. Méline se mit en garde, prête à attaquer de nouveau. Adrien serra les poings pour donner l'illusion qu'il savait se battre lui aussi.

– Prouvez-nous que vous êtes un agent de la DGSE.

– Quand je suis en mission d'infiltration, j'évite d'avoir mes papiers sur moi.

– Une preuve, vite, sinon vous rejoignez les deux autres idiots autour de la cuvette des chiottes.

– S'il était facile de présenter une telle preuve, ma couverture serait mauvaise.

– J'ai une idée, dit Adrien. Bougez pas.

Il appela Sem. Quelques secondes plus tard ce dernier était dans la confidence.

– Il faudrait que tu te mettes dans sa tête pour savoir s'il dit la vérité, lui suggéra Adrien.

Sem se gratta le sommet du crâne en fixant Orsini.

– Je peux essayer mais ça va prendre du temps.

– De toute façon, on est coincés ici pour un moment. On a besoin de savoir si ce type est avec nous.

Sem demanda au Viking de lui narrer avec précision la journée au cours de laquelle on lui avait confié la mission d'infiltrer le personnel de sécurité de Moon Kan. Il ne devait épargner aucun détail sur les horaires, les lieux, le décor, les noms des personnes croisées, la météo...

Au fil du récit, Sem reconstitua mentalement la journée de l'agent Orsini, débutée à sept heures du matin au son d'un réveil branché sur une station d'information... Adrien en eut marre d'écouter la vie d'Orsini et alla vérifier que tout se passait bien à côté. Au terme de l'exposé de la journée de l'agent secret qui s'était achevée devant un match de football entre l'OL et l'OM, Sem posa des questions précises :

– Quelle est la couleur de la moquette de votre salle de réunion ?

– Ce n'est pas une moquette, mais du parquet.

– Quel est le nom de vos voisins de palier ?

– Andrieu.

– Quel est le nom, l'âge et le métier de la personne qui vous a passé le troisième coup de fil de cette journée sur votre mobile ?

– Max Lorentz, quarante-deux ans, agent de liaison.

– Prénoms des enfants de votre supérieur.

– Erwan et Julian.

– Vous aviez dit Ewan.

– Erwan et Ewan, c'est pareil.

Un bruit sourd et un coup de feu interrompirent l'interrogatoire. Sem et le Viking se ruèrent dans le salon. JB avait bondi sur Laurie pour lui ravir son arme pendant que Doberman fauchait Adrien et Vampirella comme deux épis. JB esquiva de justesse Diego qui s'était lancé sur lui avec la puissance d'un train à grande vitesse, mais il ne put éviter le Viking qui le ceintura à la manière d'un rugbyman. Le revolver voltigea au moment de l'impact, glissa sur le sol et réintégra le poing de Laurie qui figea aussitôt Doberman dans sa ligne de mire. Sem se précipita auprès de Vampirella qui gisait sur le sol.

– Merde, Alex, qu'est-ce que tu fous ? s'exclama Doberman sidéré par le comportement de son collègue.

– Désolé, lui répondit Thierry « Alex » Orsini.

L'agent de la DGSE enferma les deux gardiens abasourdis et la domestique dans la buanderie, puis il déclina son identité en cherchant l'approbation de Sem qui était plus préoccupé par le sort de Gwendoline.

– Bon, c'est quoi la suite de votre plan ?

– On ne peut pas téléphoner ? suggéra Méline.

– Il n'y a plus de réseau, toutes les communications ont été coupées. En cas d'alerte, c'est comme si on posait un couvercle sur cette maison.

– Il faut sortir d'ici, dit Adrien.

– Par où ? Par les canalisations ?

– Il y a du Destop dans cette maison ? demanda Laurie.

34.

Gwendoline retrouva ses esprits sur un canapé et sous le regard inquiet de Sem.

– Qu'est-ce qui s'est passé ? marmonna-t-elle.

– Tu as perdu connaissance.

Elle s'aperçut qu'elle portait le sweat-shirt de Sem.

– J'avais peur que tu attrapes froid, expliqua-t-il.

– J'ai mal.

– Où ça ?

Elle désigna l'arrière de son crâne.

– Mets ton doigt là.

Il hésita.

– N'aie pas peur, dit-elle en lui prenant la main. Tu m'as bien touchée pour m'enfiler ton sweat-shirt.

Il enfonça son index dans les cheveux de Gwendoline, sentit une bosse.

– Caresse tout autour, ça me détend.

Il fourra tous ses doigts dans la crinière blonde. Sous l'effet de l'attouchement, Gwendoline ferma les yeux et soupira de plaisir.

Autour d'eux, régnait à l'inverse une activité frénétique déclenchée à l'instigation de Laurie. On perquisitionnait les placards et la réserve pour y dénicher des bidons de Destop et d'acide chlorhydrique, des bouteilles d'eau minérale et de soda, des rouleaux de papier d'aluminium. On vidait les bouteilles dans l'évier, on découpait l'aluminium en morceaux que l'on roulait en petits bâtonnets...

– On peut savoir ce que vous fabriquez exactement ? l'interpella Orsini les bras chargés de bouteilles.

– Des bombes artisanales, dit Laurie.

– Avec du papier d'alu ?

– J'ai vu la recette sur Internet.

Elle renifla le goulot d'un bidon d'acide avec un délice malsain qui mit Orsini mal à l'aise.

– Vous espérez faire sauter des volets blindés avec ça ?

Laurie ne releva pas. Une fois le travail effectué, elle revissa les bouchons avec précaution.

– C'est quoi l'idée, Laurie ? demanda Adrien.

– Je sais pas, mais ça peut servir.

– Quoi ? Tu n'as pas de plan ?

– Je rêve, je suis entouré par des nains et je rentre dans leur jeu, déplora Orsini.

– Même la plus petite personne peut changer le cours de l'avenir, rétorqua Sem.

– C'est toi qui le dis.

– Non, c'est Tolkien.

– Par où Moon Kan est supposé surgir dans cette boîte de conserve ? demanda Adrien à Orsini.

– Pourquoi, t'as une idée derrière la tête, le stratège ? Parce que ta copine chimiste, elle n'en a aucune.

La tête d'Orsini se retrouva soudain au cœur d'une déflagration qui les fit tous sursauter. L'agent chancela en se tenant les oreilles et s'écroula au ralenti dans un fauteuil.

– Ça marche, dit Laurie en secouant une autre bouteille.

– Qu'est-ce que tu fous ? s'écria Adrien. Il est avec nous.

– Je lui ai fermé sa grande gueule.

– Et la deuxième bouteille, elle sert à quoi ?

Une fumée grise et opaque se répandit à l'intérieur du récipient qui se mit à gonfler.

– Si c'est vraiment un agent secret, il doit avoir des réflexes, non ?

Elle visa à nouveau Orsini. Il s'éjecta du fauteuil avant l'explosion, plongea à terre, se releva et se rua vers Laurie qui le paralysa en le braquant avec le revolver soudé à son poing.

– Réponds à la question d'Adrien, ordonna-t-elle.

Orsini en avait oublié ce que lui avait demandé l'albinos.

– Moon Kan, par où il va faire irruption ? répéta Adrien au bout d'un long silence.

– J'en sais rien, le cas ne s'est jamais présenté.

– Tu prétends être là depuis un mois et tu ne nous as rien appris d'intéressant. Si tu ne nous es pas utile, on va te flanquer dans la buanderie avec les autres.

– Attendez, je sais où se trouvent le compteur électrique et l'alarme. Si on coupe le courant, ils débarqueront dans le noir. À ce moment-là, on pourra utiliser les bouteilles explosives et profiter de la pagaille pour tenter d'évacuer les lieux.

– Qu'est-ce que t'en penses Adrien ? demanda Laurie.

– C'est con comme plan, mais on n'en a pas d'autre.

– Pourquoi c'est con ?

– Parce qu'il y aura des morts.

35.

Ils entendirent du bruit à l'étage. Des sons feutrés et métalliques se répandirent aux quatre coins de la villa. Les hommes de Moon Kan s'étaient infiltrés en passant par le toit. « Par quelle trappe ? », s'interrogea Adrien, recroquevillé à deux mètres du sol au sommet d'une armoire normande. Sous lui, la musique perforait les tympans de Diego. Laurie avait remis le casque sur les oreilles du colosse pour le déconnecter de ce qui allait suivre.

Des lasers rouges et verts zébraient l'intérieur de la villa plongée dans la nuit à la suite de l'intervention d'Orsini sur le compteur électrique. Deux silhouettes arc-boutées filèrent vers la porte d'entrée. Des faisceaux de lumière s'engouffrèrent au rez-de-chaussée. Quelqu'un ordonna aux intrus de se rendre. L'annonce demeura sans effet.

Cliquetis de fusils d'assaut.

Une chute, un juron.

Une explosion.

Deux hommes se ruèrent dans la cuisine, galvanisés par un ordre lancé en chinois.

Une deuxième déflagration, dans le salon cette fois.

Une troisième, puis d'autres encore.

Drop the bomb on em, hurlait Eminem dans le casque de Diego.

Une rafale d'arme automatique couvrit les explosions.

Des ordres fusèrent.

Détonations et éclats de verre.

Un mouvement en direction du hall.

Un cri vite avalé.

La porte d'entrée s'ouvrit sur des tirs d'armes automatiques.

Concerto de pétarades, tirs staccato.

Sommations.

Explosions.

Cris.

Une sirène d'alarme retentit.

La lumière irradia la villa. Le courant était rétabli, révélant des Asiatiques belliqueux plantés dans un agencement insolite : chaises éparpillées, meubles renversés, canapés en travers du passage, queues de billard pointées dans toutes les directions, télévision trônant au milieu de la pièce... Des morceaux de plastique fondu maculaient ce chambardement.

Trois 49[1] avaient couru derrière le fuyard qui s'était dissous dans la nuit. Leur chef se concentra sur la maison. Il ordonna à ses soldats de ratisser les lieux et de les sécuriser avant l'arrivée de Kan.

– Et arrêtez cette putain d'alarme !

1. Dans une triade chinoise, chaque fonction correspond à un code chiffré. Ainsi le chef porte le numéro 489 et le simple soldat est un 49.

Ils trouvèrent un gardien inanimé dans la cuisine puis deux autres enfermés dans la buanderie avec la domestique.

– Alex nous a foutus dans la merde, déclara JB à sa libération.

Secoué par 489, le Viking étendu par terre reprit vite connaissance. Il expliqua qu'il avait fait semblant de s'allier avec les cambrioleurs pour leur tirer les vers du nez.

– Qu'avez-vous appris ?

– Ils sont venus voler des données.

– Pour qui travaillent-ils ?

– Je n'ai pas réussi à le savoir. Ils se méfiaient, ils m'ont assommé par surprise. L'un d'eux est une sorte d'Hercule.

– Il a balancé mon chien comme un boomerang, confirma Doberman.

– Ce ne sont que des ados, dit JB.

– Quoi ? s'exclama 489.

– Déguisés en monstres d'Halloween.

– Vous avez été bernés par une bande d'adolescents ?

Moon Kan Yun-Fa fit son entrée, encadré par deux femmes longilignes vêtues de treillis noirs, ses deux gardes du corps personnels qui ne le quittaient jamais.

– Où sont-ils ? demanda-t-il d'une voix autoritaire.

À la seconde où il avait été alerté de l'intrusion d'étrangers chez lui, Moon Kan avait mobilisé la triade qui était à sa solde sur la côte d'Azur. Il avait sauté dans son hélicoptère et était arrivé presque en même temps que les Taïwanais venus en hors-bord.

– On les cherche, dit 489. Trois soldats sont aux trousses de l'un d'eux qui s'est échappé. Les autres doivent se planquer quelque part dans la propriété. Ce sont des petits malins. Ils ont déplacé tous les meubles et nous ont accueillis avec des bombes artisanales.

– Est-ce que cela signifie que nous sommes moins expérimentés que des petits malins ?

– Non, monsieur. On ne va pas tarder à les retrouver. Même s'ils parviennent à sortir de la propriété, ce qui m'étonnerait car j'ai placé des hommes un peu partout, ils ne pourront jamais quitter l'île vivants.

– Je les préfère vivants car ils ont des choses à raconter.

– Oui, monsieur.

– Qu'on m'amène le prisonnier.

Laurent fut poussé en avant, les mains ligotées dans le dos, des hématomes au visage et le canon d'un fusil collé contre l'occiput.

– Vous ne nous avez pas dit que vous aviez envoyé des gosses, déclara Moon Kan.

– Vous ne m'avez pas demandé leur âge.

– Pourquoi des gosses ?

– Ils sont spéciaux.

– Comment ça spéciaux ?

– Ils ont des pouvoirs.

Une claque meurtrière le propulsa à terre. Moon Kan souffla sur sa main qui venait de frapper Laurent et alla allumer la plaque de cuisson. Il tourna autour de la table, renifla une bouteille d'acide restée ouverte, joua avec un énorme couteau, tout en commentant :

– La cuisine est l'endroit le plus dangereux d'une maison. On peut s'y couper, s'y empoisonner, s'y électrocuter, s'y brûler...

Laurent chercha à se dégager des deux soldats qui le maintenaient au sol, mais sa tentative échoua à cause de ses poignets entravés. Moon Kan ordonna qu'on le relève et qu'on lui maintienne le visage au-dessus de la plaque rougeoyante.

– On va commencer par les brûlures.

– Attendez ! s'écria Laurent. Qu'est-ce que vous voulez savoir exactement ?

À quelques centimètres du foyer, il avait déjà la joue en feu. Des gouttes de sueur ruisselaient de son front en fusion et s'écrasaient sur la plaque en grésillant.

– En quoi ces jeunes sont spéciaux ?

– Ils sont là, mais vous ne les voyez pas. Preuve de leur supériorité, non ? Ils n'ont pas quitté la villa, c'est tout ce que je peux vous dire. Ce ne sont que des enfants, vous finirez bien par leur mettre la main dessus. Normalement, ils n'ont aucune chance contre vous.

Moon Kan se tourna vers 489 :

– Attrapez-les-moi !

36.

Méline jeta la porte de freezer qu'elle avait dans la main et courut droit dans la nuit. Les plaques de métal qui lui couvraient la poitrine et le dos gênaient ses mouvements et sa respiration. Adrien lui avait confectionné un gilet pare-balles avec deux plaques de four et du scotch. Il avait demandé à Diego d'arracher la porte d'un petit freezer pour que Méline s'en serve de bouclier. La mission de fuir lui avait logiquement échu pendant que les autres s'occuperaient de la diversion.

Lors de sa sortie éclair de la villa, Méline avait senti des balles perforer les plaques et picoter sa chair. Son bouclier aussi avait reçu un impact. Elle s'était vite mise hors de portée des phares du 4x4 braqués sur la façade et sur sa tentative de fuite.

Poursuivie par des tirs aveugles, elle n'avait pas eu le temps d'ôter sa carapace. Aussi se concentra-t-elle sur son objectif : rejoindre France qui avait amarré un canot à une centaine de mètres de là. Une position de repli en cas de problème.

Méline louvoya entre les arbres et grimpa dans un pin aussi vite que son harnachement le lui permettait.

Elle s'assit sur la branche la plus haute et enleva enfin les plaques qui la compressaient comme un panini.

De son perchoir, elle distinguait la mer qui scintillait sous le gigantesque catadioptre que constituait la pleine lune ainsi que le mur d'enceinte éclairé par les spots de jardin.

Des bruits de pas crépitèrent en dessous d'elle. Les tueurs l'avaient rattrapée, mais pas encore repérée. L'un d'eux héla les autres. Méline n'attendit pas de savoir pourquoi il criait. Elle se dressa sur sa branche qui plia, fléchit les jambes pour la faire osciller et s'élança en direction d'un autre arbre. Elle vola comme un écureuil, traversa un feuillage qui lui lacéra une joue, se réceptionna sur une branche qui la fit rebondir vers le sommet. Elle s'accrocha, se balança, se lâcha à nouveau dans la frondaison, atterrit sur un figuier dont la ramure molle la propulsa un peu plus loin contre un chêne. Elle remonta le tronc en s'arrachant les paumes, progressa en équilibre sur une branche orientée vers une bambouseraie, plongea sans hésiter, bras tendus vers la tige la plus épaisse qui ploya sous son poids.

Poussée par les tirs des 49, elle enlaça une autre tige qui la fit repartir en sens inverse et s'élever vers les étoiles. Au bout de son amplitude, elle se dégagea pour saisir un bambou qui se trouvait dans son axe et ainsi de suite jusqu'à atteindre le mur.

Dopée à l'adrénaline et aux fusillades, Méline venait de réaliser un exploit à la hauteur de ces héros de films asiatiques qui se déplacent en volant. Les deux pieds sur le mur, elle n'avait plus qu'à sauter.

Elle s'accrocha au rebord, gagna un mètre soixante, se laissa tomber, roula en arrière, se redressa et gagna les rochers en direction du point de ralliement.

Stupéfaction.

La proue dressée à la verticale, le canot était en train de couler, entraîné vers le fond par le poids du moteur.

Méline appela France.

Aucune réponse.

Elle s'approcha d'un hangar à bateaux construit sur pilotis, appela à nouveau. La porte du local était fermée. Elle se hissa facilement sur le toit et glissa la tête par un vasistas à moitié ouvert. Le local contenait deux canots à moteur hors-bord et trois motomarines qui se dandinaient sur les clapotis.

Aucune trace de France.

La psy n'était pas au rendez-vous.

37.

Diego ouvrit la porte de l'armoire normande.

You're never over…

Dans le creux de l'oreille, Eminem lui confiait qu'il n'était pas fini.

Jamais.

Ce qu'il vit, pourtant, n'allait pas dans le sens de ce qu'il entendait. Deux hommes venaient de surgir dans la chambre et le canardaient. Ils l'anéantirent dans un bruit de verre brisé.

Diego en mille morceaux.

La masse orange s'abattit sur le dos des deux 49 dont les crânes s'entrechoquèrent. Le premier, transformé en projectile, fut éjecté de la pièce, traversa le couloir et passa par-dessus la rambarde de l'escalier. L'autre tueur suivit le mouvement, mais buta contre le garde-corps. Il se releva prestement et vit une commode à trois tiroirs foncer vers lui. Il esquiva le meuble qui défonça les balustres avant de s'écraser sur son collègue. Au bord du vide, il n'avait plus rien à quoi s'accrocher. Le 49 se retourna et sut que son erreur d'appréciation allait lui coûter la vie. Le colosse orange, qu'ils avaient confondu avec son reflet dans la psyché de la chambre, lui shoota dedans.

You're never over.

Le rappeur de Detroit avait raison.

You're never over.

Diego sut à cet instant qu'il était indestructible.

Et il se mit à hurler.

Ses hurlements déclenchèrent une pluie d'adolescents.

Laurie, Gwendoline, Sem, Adrien, dégringolèrent du plafond.

Après avoir jeté leurs bombes d'alu du haut des escaliers, ils s'étaient tous réfugiés sur le haut des armoires massives dans les pièces du premier étage. Diego leur avait fait la courte échelle puis s'était planqué dans le seul meuble capable d'accueillir son gabarit. Il en était sorti trop tôt et s'était retrouvé devant le miroir, face à son reflet qu'il n'avait pas réussi à sauver.

– On s'arrache, dit Adrien.

– Par où ?

Des bruits de bottes dans l'escalier leur indiquèrent qu'ils n'avaient pas le temps de réfléchir à toutes les options. Ils suivirent Adrien dans la chambre située au bout du couloir et verrouillèrent la porte.

L'albinos analysa les lieux. La pièce se prolongeait par une terrasse qui surplombait la piscine. Il fit tomber les livres d'une bibliothèque et demanda à Diego d'enlever une étagère pour la glisser sous le garde-corps en fer forgé de la terrasse. Le colosse interrogea Laurie du regard. Elle le pria de s'exécuter au plus vite.

La porte trembla sous les coups de boutoir.

La serrure explosa sous les coups de feu.

Plus que quelques secondes.

L'étagère fut rapidement mise en place et bloquée avec un coffre en guise de contrepoids. L'ensemble ressemblait à un gigantesque plongeoir. Le plan d'Adrien était simple.

– Go !

Gwendoline hésita :

– Adrien, j'ai jamais été catapultée dans une piscine. Ça fait mal ?

– Non.

L'albinos donna l'exemple. Il passa par-dessus le garde-corps, marcha jusqu'au bout de la planche, la fit osciller une fois, deux fois. Le troisième rebond l'éjecta dans le bassin. Gwendoline poussa Sem qui s'accrochait à elle. Dans leur dos, Diego plaçait le sommier et l'armoire en travers du passage. Laurie lui hurlait de se dépêcher.

Sem volait.

Gwendoline rebondissait. Prête à le repêcher.

– Vas-y ! cria Laurie en montrant la planche à Diego.

– Toi, dit-il.

– Non, toi d'abord.

– Toi d'abord.

– On perd du temps !

L'armoire bascula sur le sommier, ce qui obligea les assaillants énervés à escalader le tas de meubles qui obstruait l'entrée.

Diego sauta.

Avec Laurie sous son bras.

Juste après le rebond, la planche craqua.

Le choc dans l'eau souleva un geyser. Entraînée au fond par Diego, Laurie remonta à la surface en crachant et en pestant contre lui.

– J'ai avalé la moitié de la piscine ! Fait chier !

Personne n'était là pour écouter ses jurons. Les autres cavalaient à l'opposé de l'entrée du domaine. Laurie sortit du bassin et leur courut après sans s'essorer, les godillots aussi lourds que des enclumes. Adrien les guidait tout droit vers la tour carrée. Le bâtiment réservé aux invités de marque.

Dans sa course, Laurie sentit qu'il manquait Diego à ses côtés. Elle se retourna, ralentit, s'arrêta.

Il était resté planté au bord de la piscine.

– Diego ! cria-t-elle.

Le colosse ne réagit pas, transformé en statue dégoulinante.

Laurie hésita. Les autres étaient déjà loin. Elle revint sur ses pas.

– Putain, Diego qu'est-ce que tu fous ? lui hurla-t-elle.

Il la regarda sans broncher.

Une margelle éclata à leurs pieds. Un Taïwanais sur la terrasse de la chambre les avait pris pour cible.

– Diego ! Bouge !

Elle lui saisit la main qui demeura aussi ferme qu'une poignée de porte verrouillée.

– Diego, viens avec moi !

– Laurie pas fâchée ?

– Quoi ? Non, qu'est-ce que tu racontes ? Dépêche-toi !

Une balle siffla au-dessus d'eux.

– Lauriiie aime Diego alors ?

– Oui, maintenant on y va.

Il esquissa un énorme sourire, la souleva comme un vulgaire doudou et la serra dans ses bras.

38.

Adrien donna des coups d'épaule sans même parvenir à faire trembler la porte en chêne massif. Sem ne chercha pas à l'aider. Son esprit était ailleurs. Dans le projet Blackzone.

– Écartez-vous ! cria soudain Gwendoline.

Une masse orange emboutit la porte. Diego retira son coude du panneau qu'il venait de transpercer.

– Merci de nous attendre, grogna Laurie dans le dos du colosse.

– On croyait que t'étais derrière nous, dit Gwendoline.

– C'est ça et je suis abonnée à *Jeune et Jolie*.

Adrien se faufila par la mince brèche ouverte par Diego et ouvrit deux volets afin de permettre aux autres d'entrer par une fenêtre.

– Qu'est-ce qu'on fout là au lieu de se barrer ? demanda Laurie à Adrien qui menait les opérations depuis un moment.

– Consigne de l'agent Orsini. Il va nous rejoindre. C'est pas pour rien qu'il a coupé l'alarme de la tour.

– Il a un moyen de nous faire sortir, ajouta Gwendoline confiante.

– J'aurais pris la direction inverse.

– Tu crois qu'ils nous laisseraient filer par l'entrée principale ? Même dans un jeu vidéo pour enfants de six ans, on n'oserait pas imaginer un scénario pareil. Ici, au moins, on peut se barricader jusqu'à ce que Orsini se pointe ou que Méline rapplique avec du secours.

Contre la porte, ils entassèrent tables, sommiers, coffres, buffets, armoires.

– Qu'est-ce que c'est que ce remue-ménage ?

Un type en robe de chambre se tenait en haut des marches, l'air mal réveillé. Il ne portait pas une arme, mais un minuscule chihuahua. Détails importants qui indiquèrent à Adrien qu'il s'agissait d'un invité.

– Le joli petit chien, commenta l'albinos qui ne savait quoi dire.

– Je le trouve trop chou, s'extasia Laurie. Je peux en faire un crucifix ?

– Pardon ? fit l'homme en serrant son animal contre lui.

Adrien chercha Gwendoline. Plutôt que de les aider à déplacer les meubles, elle avait dû se poser quelque part pour ne pas abîmer ses ongles.

S'adapter à la situation.

Adrien était dans la vie comme dans un jeu vidéo. Sa formation à la Citadelle l'y encourageait. À la différence qu'il n'avait pas de manette, ni de boutons, ni de clavier pour changer la vitesse des événements, mettre sur pause, se changer en créature idoine ou choisir une arme pour exterminer l'obstacle.

Pas même un SC-20K qui aurait truffé ce naze au 5,56 mm.

Il devait utiliser ce qu'il avait sous la main.

Gwendoline.

Il allait se servir d'elle.

– Moon Kan Chouia nous a demandé de vous faire une surprise pour Halloween, affabula-t-il. On avait besoin d'un peu de place, c'est pour ça qu'on a bougé deux trois meubles.

– Au milieu de la nuit ?

– Célébrer Halloween de jour, c'est comme fêter la Saint-Sylvestre à midi, ça perd de son charme, déclara Laurie.

À l'appui de ses propos, Adrien remit sa cagoule de gobelin.

– Pourquoi êtes-vous tous mouillés ? s'étonna l'invité.

– Il pleut, répondit Laurie.

– J'appelle Moon Kan, dit l'invité de marque.

– Attendez, vous n'avez pas encore tout vu. M'sieur Moon Yang a ramené Vampirella de Transylvanie spécialement pour votre plaisir personnel.

Le gobelin appela Gwendoline qui cherchait quelque chose à manger dans la cuisine. L'invité changea d'expression en la voyant rappliquer. Gwendoline avala les cacahuètes qu'elle était en train de mâcher, ôta son sweat-shirt et monta les marches en se déhanchant comme une starlette au festival de Cannes. Elle prit le bras de l'homme et le raccompagna dans sa chambre.

Les autres les suivirent sur la pointe des pieds.

Ils perçurent des rires, un cri, du verre brisé, un bruit sourd. Ils surgirent dans la pièce et tombèrent sur une Vampirella en colère :

– Quel gros porc ! Il m'a sauté dessus comme une bête.

– Et alors ? fit Laurie.

– Je lui ai cassé un vase sur le crâne.

– Un vase Ming en plus, dit Sem en examinant les morceaux.

– Quoi, ça fait plus mal ?

– Non, ça fait plus cher.

– Il est mort ?

– On s'en fout, répondit le gobelin.

– Dis pas ça ! s'offusqua Vampirella.

– On est sur un champ de bataille là, pas en train de prendre le thé !

Adrien retira son masque et Sem obligea Gwendoline à remettre son sweat-shirt après l'avoir essoré.

Un couinement les surprit.

Laurie était en train d'étrangler le chihuahua.

– Laisse ce clébard tranquille, Laurie ! commanda Gwendoline.

– C'est incroyable, on dirait qu'il n'a pas de cou.

– On ne peut pas rester ici à discuter, s'impatienta Sem.

– Enfin une parole sage, approuva Adrien. Montons sur la terrasse.

Ils gravirent les étages jusqu'au sommet de la tour. Les escaliers se terminaient par une porte métallique qui n'était pas verrouillée. Ils débouchèrent sous les pales immobiles d'un hélicoptère.

L'appareil était posé sur la tour comme un bourdon sur une fleur.

– L'un de nous sait piloter ça ? demanda naïvement Gwendoline.

– J'ai conduit un hélico dans *GTA Vice City*, dit Adrien, sauf que je m'appelais Tommy Vercetti et que j'avais une PS2 pour tableau de bord.

– Toi, Sem, si tu peux apprendre le chinois en deux jours, tu peux apprendre à piloter un hélico en dix minutes, non ?

– Je peux lire la notice technique. Mais piloter, impossible. Je distingue à peine ma droite de ma gauche.

– Je prendrai les commandes, proposa Adrien. Tu m'expliqueras juste ce qu'il faut faire.

– On a combien de temps pour apprendre ?

39.

Méline tournait dans tous les sens, fouillait derrière chaque rocher, en quête de France qui lui dirait quoi faire. Car dans sa précipitation, stressée par les événements et choquée de trouver le canot en train de couler, elle ne savait plus vraiment pourquoi elle était là.

Il fallait absolument qu'elle se souvienne.

Qu'elle se concentre sur l'objectif qu'on lui avait fixé.

En rapport avec ses capacités physiques.

Ses compagnons étaient encore coincés à l'intérieur.

Pourquoi l'avaient-ils laissée partir seule ?

Quelle était sa mission ?

Elle se rappela qu'elle était déguisée en King Kong.

Elle avait enlevé son costume dans la villa, pour être plus à l'aise.

Elle avait fui. On lui avait tiré dessus.

Quelque chose lui piquait la cuisse.

Blessée par balle ?

Non.

Il y avait quelque chose sous sa combinaison.

Dans une poche.

Elle plongea la main à l'intérieur et en retira un petit objet.

Une clef USB dans un étui étanche.

C'était ça qu'ils étaient venus chercher. Adrien et Sem avaient dérobé des données importantes sur l'ordinateur de Moon Kan.

Sa mission à elle était de remettre la clef à France.

Mais France n'était pas là.

40.

– Y a quelqu'un dans l'hélico ! s'écria soudain Adrien.

L'homme téléphonait. Concentré sur le curage de ses narines, il ne les avait pas vus se faufiler sous la queue de l'hélicoptère.

– On n'a pas le choix. Il faut que Diego s'en occupe.

– Qu'est-ce que tu entends par « s'en occuper » ? demanda Gwendoline.

– On a besoin de cet homme pour qu'il nous montre comment piloter, argua Sem.

– La ferme, fit Adrien.

Il s'approcha de Laurie pour lui chuchoter des consignes à l'oreille :

– Dis à Diego de suspendre ce type par les pieds au-dessus du vide. Comme si c'était un poisson.

Laurie briefa Diego. Mais le pilote se retourna vers eux trop tôt. Adrien s'adapta à la nouvelle situation. Il s'avança vers lui en effectuant la danse des gobelins inspirée de *World of Warcraft Cataclysm*.

– Qu'est-ce qui lui prend ? s'étonna Gwendoline.

– Dansons, nous aussi, dit Laurie. C'est une diversion.

L'homme descendit de l'hélicoptère, la main sur la poche intérieure de son blouson.

– Des bonbons ou la mort ! clama le gobelin.

La formule fut reprise en chœur par Vampirella, Laurie et le squelette.

La Chose grogna et fondit sur le pilote éberlué qui se retrouva à l'envers avant d'avoir tout compris, les tibias empoignés par une créature orange. Plusieurs objets, dont un pistolet et de la monnaie, tombèrent de ses poches. L'homme se tortilla comme une prise de pêche. Le gobelin l'avertit que ses mouvements risquaient d'épuiser très vite celui qui le retenait en l'air.

– Expliquez au squelette comment on fait voler l'hélico, lui lança-t-il. Sinon, la Chose vous lâche.

– C'est une plaisanterie ?

– Non, c'est la fête des morts.

41.

Méline courut au-dessus des rochers percutés à intervalles réguliers par les vagues et remonta jusqu'au chemin de ceinture. Elle distingua la tour carrée qui émergeait du grand jardin, l'hélicoptère posé sur son sommet. Elle contourna la propriété par le sentier de la maison forestière pour rejoindre l'allée qui menait au fort.

La mer dans le dos, elle s'enfonça dans la forêt encore plus noire que la nuit au point d'en être menaçante, oppressante. Faute de repères, elle suivit l'itinéraire qui était censé la ramener vers le centre de l'île. Elle régla sa course à un bon rythme malgré le manque de visibilité et la nécessité de rester la plus discrète possible.

Un animal lui coupa le passage, elle fit un écart, un oiseau la frôla, à moins que ce ne fût une branche d'arbre, elle reprit la direction du fort, perçut une série de craquements entre deux foulées.

Sur sa droite.

Au lieu d'accélérer, ce qui l'aurait placée dos aux bruits, elle s'immobilisa.

Souffle court.

Quelque chose surgit devant elle, à peine discernable. Un mouvement propulsé par une énergie hostile.

Méline fixa son bassin, se campa sur ses jambes fléchies, se mit en garde, s'écarta devant la force brute qui fonçait droit sur elle. Elle frappa au passage, sentit ses phalanges fendre un os crânien. Derrière elle, une autre énergie. Laurent lui avait appris à percevoir les effets précurseurs d'une attaque, à détecter l'intention d'agresser. Elle balança un coup de pied arrière dans un ventre mou et se retrouva de profil pour fouetter d'un coup de pied retourné l'attaquant encore debout.

Deux corps à terre, inanimés.

Des faisceaux de lumière perforèrent l'obscurité. Un moteur perça le silence. Un véhicule venait à sa rencontre et ce n'était sûrement pas l'ONF.

Méline battit en retraite vers la mer, coupa à travers le bois. Le sol était humide et glissant, couvert de brindilles qui faisaient crépiter sa course.

Plus vite !

Un aboiement. Les hommes de Moon Kan étaient à ses trousses. Elle zigzagua pour éviter les ramures qui se pliaient ou se brisaient sur son trajet. Griffée et contusionnée par sa fuite effrénée à travers une trajectoire hérissée d'obstacles, Méline dut ralentir son allure. Elle ramassa un bâton et se retourna en effectuant des moulinets. Son arme rencontra la gueule du doberman qui avait récupéré de son vol plané. À l'impact, le bois mort explosa sur le museau de l'animal.

Méline frappa à nouveau avec ce qui lui restait dans la main, sans efficacité. Les crocs du chien à peine étourdi se refermèrent sur son bras. Elle hurla et bombarda la truffe du molosse avec son poing. Le doberman tomba raide à ses pieds. Elle fit volte-face et fila vers le hangar à bateaux qui jouxtait la propriété de Moon Kan. Elle vola au-dessus des rochers, entendit une détonation, sentit des éclats lui érafler les chevilles, plongea sous les vagues et le tir de ses poursuivants.

Eau glacée.

Algues.

Clapotis des balles dans son dos.

Elle nagea au jugé, en apnée, en espérant se diriger vers le hangar. Bientôt ses mains rencontrèrent un pilier couvert de mousse. Elle sortit la tête pour respirer. Une immense masse sombre avait remplacé le ciel. Elle était sous l'embarcadère. Une salve lui indiqua que ses poursuivants ne l'avaient pas perdue de vue. Elle replongea et passa sous le quai, retrouva l'air libre quelques brasses plus loin, avec un goût salé dans la bouche.

Elle émergea à l'intérieur du hangar, au milieu des canots à moteur et des motomarines. Elle se hissa sur le ponton et actionna l'ouverture électrique de la porte. Le battant se souleva face à la mer.

Méline sauta sur un scooter des mers, le démarra d'un coup de pouce, vérifia la jauge à essence et tourna la poignée à fond. L'engin se dressa sur l'arrière et fila en pulvérisant l'écume.

Méline braqua à gauche pour mettre le plus de distance possible entre les tueurs et elle. Elle gagna le large et entama une courbe qui devait lui permettre de gagner la Croisette située à deux kilomètres. À ce moment-là, elle vit l'hélicoptère décoller de la tour carrée.

42.

La Chose balança le pilote comme un pendule. De plus en plus fort. Rien ne pouvait l'arrêter. Pas même Laurie.

– Noooon Diego !

Le pilote vola sans son hélicoptère jusqu'à un pin parasol.

– Il l'a tué, ce con ! s'exclama Adrien.

– Je croyais que tu t'en fichais qu'il meure, dit Laurie.

– J'ai l'impression qu'il bouge encore, nota Gwendoline qui fixait l'arbre dans lequel l'homme avait échoué.

– Comment Sem va apprendre à piloter ? se soucia Adrien.

– Tu as gardé son smartphone ? lui demanda Sem.

– Ouais.

– Tape « comment piloter un hélicoptère » sur Google.

Adrien trouva rapidement un site qui proposait des cours d'initiation au pilotage. Sem parcourut les pages internet correspondantes. Gwendoline faisait le guet tandis que Laurie essayait de reprendre le contrôle de Diego.

Au bout de quelques minutes, Sem s'installa aux commandes.

– Il y a Orsini en bas ! hurla Gwendoline.

– Tu veux pas un porte-voix pour l'annoncer plus fort ? râla Adrien.

– On le laisse entrer ? Il est seul.

– Il vient avec nous. Je vais lui ouvrir.

Sem démarra le moteur. L'hélice tourna de plus en plus vite. Diego, Laurie et Gwendoline embarquèrent. Adrien ramena l'agent Orsini essoufflé. Ce dernier avait réussi à convaincre Moon Kan de son double jeu destiné à s'attirer la confiance des jeunes intrus. Adrien prit la place de Sem.

– Vous savez piloter ? s'étonna l'agent.

– Non.

L'œil rivé sur les trois cadrans qui mesuraient l'altitude, la vitesse et l'angle des pales, Sem lui montra comment mettre les gaz : « Graduellement, pour ne pas partir en vrille. » L'appareil monta à la verticale. Sem commanda à Adrien d'augmenter l'angle des pales et de laisser l'hélicoptère prendre de la vitesse. Il lui fit ajouter encore un peu d'angle pour accélérer jusqu'à cent vingt nœuds. « Il faut attendre que l'appareil soit stabilisé avant de commencer à virer. »

Ils tanguèrent au-dessus d'un bâtiment semi-enterré couvert de lierre, se rapprochèrent dangereusement de la piscine, rasèrent l'orangeraie, survolèrent de guingois l'entrée du domaine, devinrent soudain la cible de soldats agités. Des balles touchèrent la carlingue et le moteur.

– Augmente l'angle des pales pour accélérer, indiqua Sem.

L'appareil piqua du nez dangereusement, perdit de l'altitude.

– Pas trop, sinon on tombe.

Adrien régla l'angle au minimum, ce qui eut pour effet de redresser l'appareil et de regagner de l'altitude mais de réduire considérablement la vitesse. Il ajouta un peu d'angle et parvint à stabiliser l'hélicoptère au-dessus de la mer. Dans un paysage penché, ils aperçurent le fort, et un peu plus loin Cannes. Adrien était soudé au manche comme à un joystick de jeu vidéo.

– On va à la Citadelle ?

– Vous voulez parler du fort ? lui demanda Orsini.

– On ne peut pas partir sans les autres, objecta Gwendoline.

– Tu comptes aller libérer Laurent ? pouffa Laurie.

– Et Méline, tu l'oublies ? En plus, c'est elle qui a la clef.

– Quoi ? s'écria Orsini. Vous lui avez confié la clef USB ?

– Méline avait le plus de chances de s'en sortir, expliqua Adrien.

– À qui doit-elle remettre cette clef ?

– À France, lâcha Laurie.

– Qui est France ?

– La ferme, Laurie, murmura Gwendoline.

– Ne me dis pas la ferme.

– Regardez, en bas ! s'exclama Adrien.

Tous les regards convergèrent vers un hors-bord qui prenait en chasse une motomarine sur les flots argentés. Le sillon tracé sur l'onde indiquait que le scooter des mers avait tenté de gagner Cannes avant de rebrousser chemin en direction du fort.

– C'est Méline, affirma Adrien.

– Je ne vois pas France avec elle, commenta Laurie.

– Elle a dû se faire choper elle aussi.

– Il faut aller la chercher, dit Gwendoline.

– Pas question, contesta Orsini.

– Depuis quand donnez-vous des ordres ?

– Ce n'est pas un ordre, c'est du bon sens. Il vaut mieux rejoindre vos responsables et établir une stratégie efficace. Si nous nous posons sur cette île, nous n'en repartirons plus vivants. Vous n'avez aucune idée de ce que les triades réservent à ceux qui menacent leurs intérêts.

Mutisme dans le cockpit.

– Raison de plus pour ne pas abandonner Méline, persista Gwendoline.

– On n'a aucune chance de réussir, lui balança Adrien.

– D'où l'intérêt d'y aller, intervint Laurie. Nous sommes formés pour ça, non ?

Gwendoline posa la main sur le bras de Sem.

– Sem, s'il te plaît.

Il fallait amorcer un virage. Lentement, car c'était le premier de leur vie. Sem devait donner des instructions pour tourner à droite ou à gauche.

Vers le continent ou vers l'île.

La décision finale lui appartenait.

Et il n’aimait pas ça.

– Sem ?

Il indiqua à Adrien comment actionner doucement le gouvernail de direction, sans à-coups.

En direction du fort.

43.

Méline évalua ses chances. À deux cents mètres environ derrière elle, le hors-bord était en train de la rattraper. Il lui en restait moins de neuf cents pour atteindre la pointe de la Croisette, plus illuminée qu'un phare. Elle mit donc le cap sur le port du Palm Beach.

Au-dessus d'elle, un vrombissement se rapprocha.

Elle était battue d'avance. L'hélicoptère n'avait qu'à se poser sur l'héliport du Palm Beach pour que les hommes de Moon Kan la cueillent à son arrivée.

Elle lâcha un juron et braqua à fond. Le scooter des mers dessina une courbe en épingle à cheveux en direction du fort. Derrière elle, le hors-bord négocia lui aussi un virage à cent quatre-vingts degrés et perdit un peu de distance. L'hélicoptère les imita en effectuant une courbe anormalement large.

Les hommes du canot à moteur firent feu, par crainte qu'elle ne leur échappe. À cheval sur son engin, Méline ricocha sur les vagues, louvoya au milieu des rochers entre la pointe de la Convention et celle du Vengeur. Plus légère et plus maniable que le gros canot, sa motomarine pouvait raser le rivage. L'hélicoptère demeurait en observation. Étrangement, il n'intervenait pas.

Le hors-bord la dépassa à une centaine de mètres du fort. Il vira à gauche dans une anse et se positionna face à Méline pour la stopper.

La seule solution était de passer par-dessus en se servant des rochers comme d'un tremplin et de la coque du scooter comme d'un bouclier.

Méline dévia brusquement de sa trajectoire, se redressa, ricocha sur un récif, tira le guidon à elle et décolla face à une salve. Le scooter tournoya en l'air en emportant avec lui une gigantesque gerbe d'eau. Les 49 baissèrent leurs armes, persuadés que la fuyarde s'écraserait au bout de son gigantesque looping.

De l'hélicoptère, Sem et ses passagers virent Méline s'élever au-dessus de la mer. En plein vol, elle lâcha la poignée du scooter dont elle avait perdu le contrôle. L'engin bombarda la surface une trentaine de mètres plus loin dans une explosion liquide.

Le hors-bord se rapprocha du point d'impact, en quête de la fuyarde. L'hélicoptère aussi.

Les pales soulevaient des trombes d'eau et perturbaient les recherches des 49 en position instable qui allaient finir par comprendre que les passagers de l'hélicoptère n'étaient pas dans leur camp. Satisfait de sa manœuvre, Adrien vit Méline réapparaître dans la mini-tornade. La jeune sportive profitait de la confusion pour atteindre le rivage et s'enfoncer dans la forêt. Elle fournissait un ultime effort afin de gagner le fort, sans savoir qui elle y rencontrerait.

44.

Les mains crispées sur le manche, Adrien jouait sur l'angle d'incidence des pales pour essayer de contrôler la portance générée par le rotor et stabiliser son déplacement. En vain. Il y avait un problème, mais il ignorait lequel. Des balles criblèrent l'appareil qui était trop bas.

– Ils ont compris qu'on n'était pas des leurs, commenta Laurie.

– Il faut dégager de là ! s'exclama Sem.

– Je suis d'accord, mais j'ai besoin que tu m'en dises plus.

L'appareil obliqua, piqua du nez, puis se cabra.

– La jauge, dit Sem.

– Quoi, la jauge ?

– On n'a plus d'essence ! Il faut qu'on se pose.

– C'est maintenant que tu t'en aperçois ?

– C'est pas moi qui pilote.

– Tout à l'heure, au décollage, le réservoir a dû être perforé par une balle.

– Direction le fort, sur la place d'armes, indiqua Orsini. C'est le seul endroit…

Nouveau déséquilibre.

– Je vais gerber, dit Laurie.

Diego geignait.

– Le moteur s'est arrêté, annonça Sem.

– Hein ? gueula Adrien.

– Quoi ? s'étrangla Orsini en écho.

– Le moteur est HS.

– Pourquoi le rotor tourne encore ?

– Probablement grâce à la roue libre et au vent. Sans ça, on tomberait comme un oiseau mort. Adrien, il faut que tu mettes l'appareil en autorotation.

– Si tu le dis. Et je fais ça comment ?

Sem lui indiqua la manière d'amorcer la descente sur l'île en maintenant la vitesse horizontale à soixante nœuds.

À l'approche du sol qui menaçait de les aplatir, il lui fit augmenter la portance et diminuer la vitesse de descente. Adrien cabra l'appareil pour casser la vitesse horizontale et commencer l'atterrissage. Les pales sectionnèrent le sémaphore, l'hélicoptère vrilla, trancha un pan de rempart, se redressa, laboura la toiture de la poudrière.

Une rafale de tuiles s'abattit sur les casernements.

Explosions de terre cuite.

L'appareil pencha dangereusement et dégagea le puits comme une balle de golf. Adrien et Sem joignirent leurs efforts pour combiner l'inclinaison du rotor principal, la portance et la force de poussée. L'hélicoptère reprit une assiette positive juste avant d'entrer violemment en contact avec le sol.

Tremblement de terre dans l'enceinte du fort Royal.

Inutile de couper le contact. Les pales étaient paralysées.

45.

Méline escalada la butte en s'accrochant aux herbes et aux branches. Elle aperçut une immense masse sombre entre les arbres. L'un des bastions du fort. Elle s'arrêta et s'appuya à un tronc d'arbre.

Elle était exténuée, essoufflée, trempée, frigorifiée.

Elle s'essuya le front, sentit une douleur à la tête, vit du sang sur sa manche.

Son bras la faisait souffrir. La morsure du doberman.

Les frondaisons tournèrent au-dessus d'elle. Pourtant elle ne bougeait pas. Elle refusa de sombrer et reprit sa course vers le fort, accessible facilement côté terre.

La syncope la guettait à chaque pas, à chaque pulsation.

Elle se glissa dans la végétation qui avait investi les bastions depuis des lustres, s'agrippa aux lianes, aux ramures, aux tiges, aux feuilles, aux ronces pour se retrouver en première ligne à l'intérieur des remparts.

Une activité anormale régnait dans la cour, autour de l'hélicoptère qui avait atterri. D'énormes projecteurs éclairaient la scène comme en plein jour.

Des hommes, certains en uniforme de pompier, allaient et venaient entre l'appareil et les bâtiments.

Méline s'approcha à l'abri des vieilles pierres et de l'obscurité concédée par les puissants spots.

Elle reconnut d'abord les karatékas, arrachés à leur sommeil. Ils assistaient médusés au manège nocturne. L'agent Orsini donna des consignes à deux soldats de la triade qui coururent vers un homme en train de téléphoner et dont Méline ne distinguait que le dos. Moon Kan ? Le reste de la troupe s'était rassemblé en carré devant la chapelle, attendant les ordres qui ne tardèrent pas à jaillir de la bouche d'un Asiatique criard.

Les soldats s'éparpillèrent. L'adjudant vociférateur rejoignit l'homme au téléphone qui rangea son appareil. La silhouette de ce dernier était familière à Méline. Quand il se retourna, elle sut pourquoi. Ce n'était pas Moon Kan Yun-Fa. Il s'agissait de Laurent.

Sueur froide dans le dos trempé de Méline.

Laurent les avait-il trahis ?

Une femme sortit d'un bâtiment.

France.

Méline ne comprenait plus rien.

Où étaient ses camarades ?

– Elle est ici !

La voix dans son dos la fit sursauter. Elle se retourna sur un Taïwanais souriant.

Méline se positionna en garde.

– Il n'y a aucun ennemi, dit le soldat en multipliant les signes d'apaisement.

Deux autres 49 arrivèrent en renfort.

– Venez avec nous. C'est fini.

– Fais gaffe André, dit l'un des 49, elle est capable de t'envoyer à terre avant que tu aies commencé à envisager de la toucher.

– Vous n'avez plus rien à craindre, mademoiselle. Toute la mission n'était qu'un test. Et vous l'avez passé avec succès.

– Je ne vous crois pas.

André appela Laurent du haut des remparts.

– Où sont Sem et les autres ?

– En train de boire un chocolat chaud bien mérité. Vous devriez les rejoindre.

– Je veux voir France.

– Je suis là, ma puce.

La psy venait de faire son apparition, talonnée par Laurent. Elle posa une couverture sur les épaules de Méline qui grelottait.

– Le docteur Sheffer a imaginé cette mission pour tester votre comportement sur le terrain. Les résultats s'avèrent au-delà de toutes nos espérances.

– Mais vous avez risqué nos vies ! Vous nous avez tiré dessus ! Avec de vraies balles !

– Tu la risques tous les jours ta vie, Méline, à l'entraînement. Et tu la risqueras beaucoup plus lorsque nous t'enverrons effectuer des missions bien réelles.

– Tiens, Méline, dit Laurent en lui tendant son mobile. C'est Anton au téléphone.

Elle colla l'appareil à son oreille et écouta les félicitations du grand psychiatre qui lui promit de belles vacances.

France la raccompagna au dortoir pour qu'elle se sèche. En passant devant le réfectoire, Méline insista pour voir ses camarades.

Ceux-ci étaient attablés, courbés sur leurs bols, silencieux. Ils avaient gardé leurs déguisements. Un sourire se dessina sur le visage de Méline.

– Salut les amis.

Ils se tournèrent vers elle. Avec leurs masques sur la figure.

– Comment arrivez-vous à boire avec ces tenues ? s'étonna-t-elle.

– T'as la clef USB ? demanda Laurie.

La clef. Elle se rappela soudain. Elle fouilla sa combinaison déchirée, s'aperçut qu'elle ne l'avait plus sur elle.

– J'ai dû la paumer dans l'eau. De toute façon on s'en fout, c'était bidon comme mission.

– C'est ça, ouais. Toujours en train de zapper, hein ? râla Adrien.

– Qu'est-ce qui te prend ?

– Ce qui nous prend, c'est qu'on a échoué à cause de toi, se plaignit Sem.

– Dégage de notre vue, lui ordonna Gwendoline.

– Sinon, je t'envoie Diego pour te faire comprendre, ajouta Laurie.

– Va-t'en ! hurlèrent-ils à l'unisson.

La pièce tangua comme un bateau. Du sang dégoulina sur ses yeux et colora le décor en rouge. Le sol se déroba sous ses pieds, devint mou et humide.

Allongée par terre, Méline s'essuya le visage et leva les paupières sur des frondaisons frémissantes et noires.

Perdait-elle l'esprit ?

Elle était à nouveau dans la forêt, à quelques enjambées des remparts. Elle réalisa qu'elle avait perdu connaissance et divagué.

Non, la mission n'est pas un exercice, ni un test.

Elle se releva péniblement et marcha vers les murailles de pierre en se demandant ce qu'elle allait trouver de l'autre côté.

46.

Le silence, après le fracas assourdissant de l'atterrissage en catastrophe, fut rompu par l'enthousiasme de Gwendoline :

– Bravo les gars, on a réussi !

– Rien de cassé ? s'inquiéta Orsini.

– On survivra, sembla déplorer Laurie.

– Regardez ! s'écria Adrien.

Les karatékas s'étaient réveillés au milieu des dégâts et s'approchaient d'eux au ralenti, en demicercle.

– On dirait des zombies, commenta Laurie.

– Il faut retrouver Méline, lança Adrien concentré sur sa mission.

Sem ouvrit la portière de l'hélicoptère et posa pied à terre, imité par ses compagnons. Les karatékas les cernèrent.

– Allez vous recoucher les ninjas, balança Laurie.

Un coup de poing fusa et lui arracha un piercing de la lèvre.

– Aïïeeee !

Un coup de pied l'envoya à terre. Diego se rua sur le karatéka qui venait de clouer Laurie au sol. Mais l'agresseur s'empara du revolver qu'elle trimballait et le pointa sur le colosse.

– Non, Diego ! hurla Sem en s'interposant, bras écartés.

Diego hésita face à cette intervention inattendue de Sem qui ne se mêlait jamais de rien. Sem ne donnait pas d'ordres. La situation devait être grave pour qu'il se mette ainsi en croix.

– Qu'est-ce que vous voulez ? demanda Adrien aux karatékas.

– Vous allez nous obéir, sinon vous regretterez d'être revenus sur l'île.

L'avertissement avait été prononcé par Franck, l'instructeur des karatékas.

– Si on m'avait écouté... marmonna Adrien qui regrettait déjà de n'avoir pas viré à droite en direction de la Citadelle.

– Ta gueule ! dit Gwendoline.

– Tu me parles autrement, blondasse.

– Tu dis quoi, lapin nain ?

– Vous allez la boucler tous les deux ? s'énerva Franck.

Encadré par la douzaine de karatékas, le petit groupe fut conduit vers un bâtiment de pierre. L'ancienne prison.

Déstabilisés par la tournure inattendue des événements, les prisonniers ne virent pas Méline qui les observait du poste de surveillance. Elle assistait à un dénouement encore plus saugrenu que celui qui lui avait traversé l'esprit pendant sa syncope.

Les jeunes captifs furent poussés dans un couloir humide et sombre qui menait aux geôles.

– Ça craint, dit Adrien.

– Ça pue, dit Gwendoline.

– Ouais, confirma Laurie. Il est temps que je m'injecte de l'acier dans les veines et que je me touille le sang.

47.

Tintement de clefs, grincement des grilles, cliquetis des serrures.

Après avoir été fouillés, ils furent répartis dans les trois cellules encore exploitables de la prison.

Sem et Diego.

Adrien et Gwendoline.

Laurie et Orsini.

– On se retrouve exactement là où était enfermé le Masque de fer, il y a trois cents ans, commenta Orsini.

– Cette info est censée m'intéresser ? marmonna Laurie.

Elle s'assit par terre, étêta un insecte et entreprit de se scarifier le mollet avec une épingle à cheveux.

– Qu'est-ce que tu fous ? T'es malade ?

– Fiche-moi la paix.

Dans la cellule attenante, Diego fixait une fissure au plafond. Depuis qu'il était né, le jeune trisomique était entouré par quatre murs. Sans porte, ni fenêtre. Rien ni personne d'autre que lui ne pouvait entrer dans cette boîte mentale. Sauf Laurie qui portait des croix étincelantes et faisait bouger l'obscurité dans un coin. Et puis la musique bien sûr. Boom ! Boom ! Scratch ! Click-clack ! Blaow ! Alors quand on l'enfermait, Diego ne voyait pas beaucoup de différences. Il y avait juste cette fissure au plafond qui le perturbait.

À ses côtés, Sem semblait ailleurs.

Un peu plus loin, Gwendoline luttait contre les bouffées délirantes et les hallucinations qui transformaient sa geôle en clapier et Adrien en lapin. Cela faisait longtemps qu'elle n'avait pas divagué ainsi.

Adrien, lui, cogitait.

Un nouveau tintement de clefs annonça le retour des geôliers. Franck était avec eux. Il capta l'attention des détenus d'un claquement de doigts.

– Où est la clef USB ? demanda-t-il à la cantonade.

– Dans ton cul, dit Laurie.

– Je crois que vous n'avez pas très bien compris la situation. Je vous fais un résumé : vous avez eu la mauvaise idée de débarquer sur l'île au même moment que nous.

– Et vous êtes qui ? lui lança Adrien.

– L'instructeur des soldats de la triade. Eh oui, fiston, vous avez voyagé sur le même bateau que des aspirants au grade de 49.

– Où sont nos accompagnateurs ?

– Tu veux parler du gland qui faisait le guet devant la villa et de la jolie éducatrice spécialisée qui surveillait le canot qu'on a coulé ? On les garde bien au chaud, t'inquiète pas.

– C'est Méline qui a la clef, avoua Gwendoline.

– Qui est Méline ?

– La fille qui vous a échappé, précisa Adrien.

– Et où se cache-t-elle ?

– Dans ton cul, répéta Laurie.

Franck ouvrit la cellule de la jeune suicidaire. Orsini voulut s'interposer. Il recula mollement devant l'instructeur et les flingues que les geôliers venaient de braquer sur lui. Franck cogna sévèrement celle qui lui manquait de respect et ressortit en se frottant les phalanges.

– Les hommes de Moon Kan Yun-Fa vont nous rejoindre, déclara-t-il. Je vous conseille de vous montrer plus coopératifs car, à côté d'eux, nous sommes les gentils.

Sur cette tirade dont il sembla fier, il disparut en emportant sa clique.

48.

Orsini se pencha sur Laurie qui bavait du sang.

– Vous auriez pu empêcher ça, lui reprocha Adrien depuis la cellule voisine.

– Cause toujours. Même si Franck avait été seul, je n'aurais pas eu le dessus. Il est champion de karaté. J'ai déjà eu un aperçu de ses talents chez Moon Kan.

– Comment va Laurie ?

– Elle a perdu connaissance.

– C'est ce qu'elle cherchait. Laissez-la tranquille.

Adrien s'allongea sur la banquette. Il ferma les yeux pour se concentrer sur les moyens de s'évader.

Gwendoline passa son bras entre les barreaux de la grille et attira l'attention de Sem.

– Qu'est-ce que vous complotez tous les deux ? demanda Adrien en soulevant une paupière.

– Sem sait où se trouve Méline, l'informa Gwendoline.

– Première nouvelle.

– Avant de fuir, elle a convenu avec lui que si elle ne parvenait pas à rejoindre Cannes, elle nous attendrait jusqu'à demain matin dans le clocher de la chapelle.

– Tu devrais le crier sur les toits, râla Adrien.
– Il n'y a que nous ici.
– Il faut qu'on s'évade.
– Oui mais comment ?
– Diego, qu'est-ce qu'il fabrique ?
– Il s'est endormi, répondit Sem.
– Dommage qu'il n'ait pas vu la raclée que s'est mangée Laurie. Il serait devenu dingue et aurait envoyé valser ces grilles.
– Adrien ? murmura Gwendoline.
– Quoi ?
– Excuse-moi de t'avoir traité de lapin nain.
– C'est pas grave, je t'avais insultée moi aussi.
– Tu crois qu'on va s'en sortir ?
– Je vais te dire, Gwen, j'ai accompli sur PC un nombre incalculable de missions aussi périlleuses que celle-ci. Sans me vanter, je crois que je suis le meilleur dans ce domaine, à raison d'un entraînement de dix-huit heures par jour, sept jours sur sept. Je suis parvenu à un tel niveau de jeu qu'au cours de l'année passée, je n'ai trouvé la mort qu'une seule fois au cours de mes missions virtuelles. Mais si elles s'étaient déroulées dans la vie réelle, je ne serais pas là en train de te parler.
– Je ne comprends pas ce que tu veux dire.
– Je veux dire qu'on n'a qu'une seule vie dans le monde réel. Il faut donc faire gaffe à ne pas la perdre bêtement. Ces mecs ont la supériorité numérique et militaire. Jouons-la profil bas pour l'instant et attendons le moment opportun pour agir.

Dix bonnes minutes filèrent avant que Franck et ses karatékas réapparaissent.

Tintements. Grincements. Cliquetis.

Ils venaient chercher Orsini. Uniquement lui.

– Honneur au plus âgé, ricana Franck.

49.

Lorsque la porte de la prison s'ouvrit à nouveau, ce fut pour laisser pénétrer une troupe de Taïwanais.

La triade.

Leur chef, le visage marqué par des brûlures et des cicatrices, était effrayant. Il gueula des ordres en mandarin qui, dans les actes, se traduisirent par l'ouverture des cellules, la réanimation accélérée de Laurie et le rassemblement des prisonniers dans la cour. Sem saisit la main de Diego et essaya de connecter son esprit coloré, cinétique, géométrique à celui du trisomique, engourdi et rigide. Anton Sheffer avait trouvé une passerelle entre ces deux univers mentaux, basée sur des repères graphiques.

Mais Diego était dans sa boîte.

Laurie esquintée.

Sem désorienté.

Gwendoline énervée.

Adrien lessivé.

Une effervescence incompréhensible régnait dans la cour. Les 49 et les karatékas couraient dans tous les sens. Un mouvement général convergea soudain vers la chapelle qui fut rapidement encerclée. Le clocher fut pris d'assaut.

– Merde, ils ont repéré Méline, grommela Adrien.

Gwendoline s'approcha de lui pour lui souffler dans l'oreille :

– Ça ne risque pas.

– Pourquoi ?

– Méline n'a jamais dit à Sem qu'elle se cacherait là.

– C'est quoi ce délire ?

– Sem avait un doute sur Orsini qui s'est trompé sur un prénom quand il l'a sondé à la villa. Un détail pas assez significatif pour être vraiment sûr. Alors tout à l'heure, Sem m'a suggéré qu'on fasse croire à Orsini que Méline était planquée dans le clocher. Juste pour vérifier. Comme par hasard, la chapelle a été investie peu après la sortie d'Orsini. Maintenant, on est sûrs. Il leur a divulgué cette fausse info. Ce type est resté avec nous pour servir de GPS à la triade, pour informer l'ennemi, pour nous tirer les vers du nez.

– Moi qui te prenais pour une cruche.

– C'est Sem qui a eu l'idée. Moi je suis bien une cruche.

– Ça t'amuse de le faire croire, en tout cas.

Adrien s'en voulut d'avoir été trompé par Orsini. Une erreur qu'il n'aurait jamais commise dans le rôle de Solid Snake ou de Sam Fisher[1]. Il décida d'oublier la fatigue, comme à l'époque pas si lointaine où il arrivait à ne dormir que quatre heures par nuit, et évalua la situation pour savoir s'il pouvait en tirer parti.

1. Personnages respectifs des jeux vidéo *Metal Gear* et *Splinter Cell*.

Ils étaient sous la surveillance de deux hommes armés.

Trop risqué.

Un fourgon se rangea devant eux. Le chauffeur ouvrit les portes arrière. Leurs deux gardiens les poussèrent sans ménagement à l'intérieur du véhicule.

– On va où ? demanda Adrien.

Il reçut un coup de crosse en guise de réponse.

– Serrez-vous ! ordonna le 49.

Les portes claquèrent. Le fourgon démarra et croisa un Hummer.

– C'est le débarquement ou quoi ? s'exclama Adrien. Je parie qu'ils ont aussi des tanks et des sous-marins planqués quelque part.

– J'aimerais savoir où se trouve Méline, dit Gwendoline.

– Tant qu'elle a la clef, on a une chance de rester en vie.

– Tout ça pour une histoire de requins, se plaignit Laurie.

– Pas seulement, précisa Sem.

– Qu'est-ce que tu insinues ? s'étonna Adrien.

– Il y avait d'autres informations dans l'ordinateur.

Ailerons.

Puits de carbone.

Zones mortes.

Marées noires.

– Les ailerons de requins font partie d'un ensemble, immense et très noir, qui porte le nom de projet Blackzone, expliqua Sem dans son langage imagé.

Le fourgon cahota vers la sortie, mettant les amortisseurs à rude épreuve. Diego se cogna au plafond, Sem valdingua sur Gwendoline. Ils perçurent un bruit sourd sur le toit du fourgon. Le garde leur ordonna de se tenir tranquilles comme s'ils étaient responsables des secousses.

Au terme d'une conduite sportive qui rendit interminable le court trajet entre le fort et la propriété de Moon Kan, ils pénétrèrent à nouveau dans le grand jardin dont ils avaient si brillamment réussi à s'exfiltrer.

Retour à la case départ.

Le véhicule freina devant un bunker semi-enterré mangé par le lierre : le bâtiment qu'ils avaient aperçu depuis l'hélicoptère.

Les prisonniers furent éjectés du fourgon et canalisés vers l'entrée de l'étrange quadrilatère. Une porte inclinée se rétracta pour dévoiler un escalier qu'on les força à descendre.

En quelques secondes, ils se retrouvèrent dans l'obscurité la plus totale.

50.

De son poste d'observation, Méline bénéficiait d'une vision globale qui lui permit de comprendre rapidement ce qui se déroulait. Des hommes à la solde de Moon Kan s'activaient à effacer les preuves du grabuge provoqué par l'atterrissage en catastrophe de l'hélicoptère.

Elle reconnut parmi eux les karatékas rencontrés sur le bateau.

L'hélicoptère était découpé en morceaux à coups de chalumeau. Une équipe réparait la toiture arrachée. Une autre tentait de reconstituer le puits.

Moon Kan Yun-Fa effaçait les traces de leurs méfaits.

Ce qui ne pourrait être restauré en une nuit serait mis sur le compte des intempéries.

Ninon, la jeune femme qui les avait accueillis la veille, était-elle complice elle aussi ou bien l'avaient-ils mise hors circuit ?

Lorsqu'elle vit ses camarades sortir de la prison pour être transférés, Méline courut en direction du portique sous lequel le fourgon allait devoir passer.

Elle progressa en équilibre sur l'arche en pierre et sauta sur le toit du véhicule qui bringuebalait. Avec un peu de chance, le bruit de sa chute serait attribué à une ornière.

Peu de temps après, le fourgon franchit le portail du grand jardin, emprunta une allée et s'arrêta devant un blockhaus au toit incliné qui plongeait dans le sol. Adrien, Sem, Gwendoline, Laurie et Diego furent poussés à l'intérieur.

Le chauffeur descendit à son tour pour fumer une cigarette.

Que ferait Adrien à ma place ?

Méline ne possédait ni le sens de la stratégie d'Adrien, ni l'intelligence de Sem, ni la puissance de Diego, ni l'invincibilité de Laurie, ni le pouvoir de séduction de Gwendoline. On l'avait formée pour réaliser des exploits physiques et pour combattre. Comment se servir de ces capacités pour libérer ses amis ?

Elle se focalisa sur cet objectif au point d'en oublier la mission principale, la mise en sécurité de la clef USB.

Adrien regarderait d'abord autour de lui. Il commence toujours par ça.

C'était la nuit et des arbres se dressaient tout autour d'elle. Cela facilitait l'approche et la fuite. Il y avait aussi ce fourgon sur lequel elle était couchée. Pouvait-elle en tirer parti ? Laurent lui avait appris à conduire.

Que faire ? Bientôt il serait trop tard pour tenter quoi que ce soit.

Elle étudia à nouveau son environnement immédiat. Le chauffeur fumait et discutait avec le garde en faction devant le blockhaus. Deux rangées de palmiers bordaient l'édifice et continuaient jusqu'au mur d'enceinte, bien au-delà des limites du bâtiment. Un gazon impeccable recouvrait l'aire non construite. Aucun arbre n'avait été planté sur cette zone. Comme s'il y avait quelque chose en dessous. Comme si le blockhaus ne se bornait pas à la superficie du toit terrasse mais se prolongeait sous terre. Jusqu'où ? Jusqu'à la mer ?

Méline voulut en avoir le cœur net. Car si le bâtiment était relié à la mer, cela signifiait qu'il existait une autre issue que celle gardée par un soldat, un chauffeur tabagique et des caméras de surveillance.

Une seconde issue par laquelle s'introduire sans être vue.

51.

Diego entra dans une crise violente.

L'opaque et poisseuse humidité dans laquelle il avait été brusquement plongé suintait sur les murs de sa boîte mentale. Diego suffoquait, Diego hurlait, Diego trépignait, Diego voulait cogner.

Puis tout s'éclaira autour d'eux, en particulier le sol qui irradiait une lumière bleutée et liquide.

Un immense bassin occupait les trois quarts de la superficie du blockhaus.

– J'ai encore des hallucinations ou quoi ? demanda Gwendoline.

– Non, t'hallucines pas, dit Adrien pétrifié.

Gwendoline recula en s'accrochant au bras de Sem qui essayait de configurer son esprit en fonction des nouveaux éléments. Laurie végétait, insensible au décor. Diego n'était toujours pas calmé.

– C'est infesté de requins ! s'exclama Adrien.

Un véritable élevage.

– Vous êtes observateur, garçon !

Apparition de Moon Kan Yun-Fa, à l'autre bout du bassin, un petit être adipeux, au visage refait, caché par une grosse paire de lunettes noires et encadré par deux amazones glaciales.

Diego trouva enfin sur quoi taper et fondit sur le trio comme une boule de bowling sur trois quilles. Il n'eut pas l'occasion d'entrer en collision frontale ni même de pénétrer l'espace vital de Moon. L'une des deux femmes affectées à la protection rapprochée du Taïwanais avait devancé le colosse énervé pour s'enrouler autour de son cou, le projeter à terre et l'achever d'un coup de talon à la tête. La guerrière regagna souplement sa place aux côtés de l'individu replet dont elle avait la garde.

– Vous l'avez tué ? s'écria Gwendoline.

– Il a seulement perdu connaissance, dit Moon Kan Yun-Fa. Même si parler de connaissance au sujet de cet individu me paraît impropre.

Le Taïwanais enjamba le corps de Diego et se planta devant les quatre adolescents. Dans leur dos, des cliquetis d'armes automatiques indiquèrent qu'au moindre mouvement ils mourraient.

– Je vais vous épargner les discours et les explications. Ma brève intervention se résume à une seule question : qui êtes-vous ?

– Le cercle des cinq, répondit Sem.

Il avait adapté son mental à la situation présente dans laquelle Moon avait l'apparence d'un 100 gris raccordé à un 489 marron et à une multitude de 49 noirs, comme dans ces dessins pour enfants avec des nombres à relier. L'ensemble représentait un triangle au centre duquel étaient regroupés sous forme de cercle les chiffres 1 à 6 à l'exception du 5 correspondant à Méline et situé en dehors de la figure.

– Bien tenté, garçon ! Ta réponse devrait m'inciter à croire que vous êtes cinq. Mais je sais qu'un sixième larron court toujours.

– C'est Alex le Viking qui vous a raconté ça ? demanda Gwendoline.

– L'agent double a fini en ration pour animaux, dit Moon Kan en tournant la tête vers le bassin.

Les yeux rivés sur les nageoires des squales qui fendaient l'onde, Gwendoline, Sem et Adrien furent pris de nausée à l'évocation de la mort tragique d'Orsini. À l'idée surtout qu'ils s'étaient décidément bien trompés sur son compte. Thierry Orsini, alias Alex, était réellement un agent de la DGSE.

Sem ne put se résoudre à cette vérité :

– Vous bluffez ! Qu'est-ce qui nous prouve qu'il est mort ?

Moon Kan manifesta son impatience.

– Je n'ai aucune envie de jouer avec vous. Pour la dernière fois : qui êtes-vous ?

– On répond à vos questions si vous répondez aux nôtres.

– Vous n'êtes pas en mesure de négocier.

– Vous non plus, dit soudain Laurie.

– Et pourquoi ?

En guise de réponse, elle avança et se jeta dans le bassin sous le regard éberlué de Moon Kan. Adrien cria son nom. Gwendoline voulut s'élancer pour la secourir, mais Sem la retint. Les requins tournèrent autour de Laurie qui vida ses poumons.

Se laissa couler.

Ouvrit les yeux en touchant le fond.

Vit la tête d'Orsini rouler sous la queue d'un squale.

Remonta à la surface en crachant des bulles.

Happa de l'air pour hurler.

Fut tirée hors de l'eau par une paire de bras. Ceux de Sem.

– Vous êtes folle ! s'exclama Moon Kan.

– Nous sommes des fous... la Brigade des Fous exactement, dit Sem.

– C'est quoi ça, la Brigade des Fous ?

– La cellule opérationnelle d'un programme secret autonome ayant pour objectif d'entraver la destruction organisée d'un écosystème.

– On fait aussi des balades en forêt, ajouta Gwendoline.

– Et des pique-niques, compléta Adrien.

– Qui dirige votre organisation ?

– Qu'est-ce qui est arrivé au père de Diego et pourquoi personne ne vous arrête ? demanda Sem.

– Cela fait deux questions, garçon.

– Vous aurez deux noms.

Hésitation de courte durée.

– Carlos Marquez, le père de Diego, a dénoncé notre commerce d'ailerons à une bande d'écolos qui cherche à nous mettre des bâtons dans les roues. Ce Marquez devenait un problème pour notre firme.

– Alors vous l'avez tué.

– Nous l'avons jeté dans la baie de Cannes, ainsi que son fils et l'écologiste qu'il avait emmené avec lui, au milieu de quelques requins que nous avions conviés à la fête. Malheureusement, mes hommes ont sous-estimé la force de Diego. Qui aurait pensé que ce débile réussirait à s'en sortir et à ramener leurs cadavres à terre ?

– Vous comptiez vous en tirer comment ?

– Quelle naïveté, garçon ! Nous corrompons les personnes qu'il faut. Cela répond à votre deuxième question. À vous de parler maintenant.

– 1759 et 3945.

– C'est quoi ces nombres ?

– Deux personnes qui dirigent notre organisation.

– T'es malade ? s'écria Adrien. Pourquoi tu donnes leurs noms ? Il va nous supprimer de toute façon.

– Pas encore, car il lui manque le plus important : la clef USB.

Sem s'adressa à Moon Kan Yun-Fa :

– Nous vous donnerons cette clef si vous nous laissez quitter l'île avec nos deux accompagnateurs.

Le Taïwanais accepta l'offre :

– Je vous ferai reconduire au fort, vous prendrez le premier bateau demain matin et vous ne remettrez plus les pieds sur cette île. Vous avez ma parole.

– Ça nous va, acquiesça Adrien pensivement.

L'attention de l'albinos était monopolisée par la piscine.

– Où est la clef ? demanda Moon Kan.

– Il faut reformer le cercle, déclara Sem.

– Quel cercle ?

– Il faut retrouver le 5, le ramener à l'intérieur du triangle. On aura la clef à ce moment-là.

– Arrête avec tes chiffres, sinon tu vas finir directement dans le bassin ! s'énerva le Taïwanais. Et je te promets que personne n'ira te repêcher. Où est la clef USB ?

– C'est la Chose qui l'a, déclara soudain Adrien.

Sem fronça les sourcils en direction de ce dernier. Son propos ne correspondait pas à la logique mathématique de la situation. Le 5 n'était pas la Chose, c'était Méline. Adrien confondait. Pourtant il avait l'air sûr de lui. Sem le laissa donc faire. Gwendoline, sentant qu'elle perdait le fil, s'abstint d'intervenir. Quant à Laurie, elle se liquéfiait dans son manteau trempé.

Moon Kan s'approcha d'Adrien, lui serra le col et souffla une haleine tiède dans son nez :

– Qui appelles-tu la Chose, petit ?

– Un super héros à la consistance rocailleuse doté d'une force surhumaine.

Sans desserrer le poing qui étranglait sa proie, le Taïwanais poussa brutalement Adrien au bord du bassin, en déséquilibre.

Gwendoline cria. Sem était tétanisé.

– Cesse de plaisanter avec moi, demi-portion. Je perds patience.

Adrien fit un signe de la tête en direction de Diego.

– C'est lui, la Chose.

Moon Kan Yun-Fa le ramena vers lui et le laissa se rendre auprès de Diego. Il fit signe aux 49 de ne pas tirer. Le jeune albinos se pencha sur le corps du colosse et se releva avec quelque chose dans la main.

– La clef ! s'exclama Sem rassuré.

52.

Scotchée au toit du fourgon, Méline attendait une occasion. Tant que le chauffeur serait en compagnie du garde armé, elle ne pourrait rien tenter. Celui-ci écrasa enfin sa cigarette, lâcha une plaisanterie, salua le soldat et reprit le volant.

Il démarra et roula en direction de l'entrée du domaine.

Où va-t-il ?

Il franchit la grille sous le regard de deux plantons et fila vers le fort.

Il faut l'arrêter avant qu'il arrive.

Elle glissa vers l'arrière et donna un grand coup de pied contre la carrosserie. Le fourgon pila, ce qui la propulsa vers l'avant. Elle se cramponna à la galerie pour éviter de basculer sur le pare-brise. Le chauffeur ouvrit la portière, descendit, contourna le véhicule et fut percuté par un objet contondant qu'il n'eut pas le temps d'identifier.

Lorsque le fourgon redémarra, le conducteur était devenu une fille au crâne tondu.

53.

Les phares du fourgon inondèrent les rochers claqués par les vagues. Si le blockhaus, dans lequel étaient enfermés les compagnons de Méline, communiquait avec l'extérieur de la propriété, cela ne pouvait être qu'ici.

Méline prit la lampe torche qu'elle avait dénichée dans la boîte à gants, sauta de pierre en pierre et s'arrêta devant un étroit chenal qui reliait la mer au domaine de Moon Kan. Le canal s'enfonçait sous le mur d'enceinte et était doté de deux petits barrages. L'ensemble ressemblait à un système d'écluse.

Méline fixa l'eau sombre, brassée, froide, écumeuse.

Qu'allait-elle trouver là-dessous ?

Plus elle se poserait la question, moins elle aurait le courage d'aller chercher la réponse.

Elle plongea.

La lampe torche qui n'était pas étanche s'éteignit au bout de quelques secondes au cours desquelles Méline eut le temps de distinguer des turbines. Surmontant sa peur d'être broyée, elle progressa au son des moteurs et au toucher. La paroi s'évasait de chaque côté des hélices.

De quoi s'agissait-il ?

L'île était-elle artificielle ? Une île « propulsée » comme dans la série *Lost* ?

N'importe quoi !

Elle distingua une lumière dans le souterrain et s'y accrocha. Ses poumons la brûlaient. Il lui fallait respirer à tout prix. Elle revint en arrière, ressortit à l'air libre et cracha l'eau qu'elle avait commencé à avaler. Elle souffla, gonfla sa poitrine et se conditionna pour atteindre l'autre extrémité.

Elle replongea dans le noir et nagea à tâtons. Quelque chose de lisse l'effleura. Elle toucha une peau froide, devina une masse sombre et compacte qui la croisait.

La lumière apparut à nouveau au bout du tunnel. Méline espéra que ce n'était pas une illusion due au manque d'oxygène dans son cerveau, le signe d'une mort imminente.

Elle tendit les bras en avant, battit des pieds en direction de la clarté et déboucha sur un lac souterrain.

Les turbines servaient à alimenter une immense pièce d'eau.

Méline se retrouva face à deux requins bleus de trois mètres de long. Elle perdit son sang-froid, but la tasse, se hissa vers la lumière, sortit les mains de l'eau, puis la tête, s'immergea à nouveau, le corps bourré d'adrénaline, l'esprit confus.

Elle venait de tomber nez à nez avec Diego qui gisait au bord du bassin.

Méline se colla à la paroi du bassin en bougeant le moins possible pour ne pas attirer l'attention des peaux bleues. Elle remonta à la surface discrètement, passa le front au-dessus des margelles, puis les yeux, puis le nez, puis la bouche, tout en essayant de retrouver une respiration normale.

Au-delà de Diego inanimé, ses compagnons étaient en train de s'entretenir avec un Asiatique encadré par deux femmes. Moon Kan Yun-Fa ? Derrière Adrien, Sem, Gwendoline et Laurie, deux 49 se tenaient prêts à tirer. Méline tendit l'oreille. Les mots résonnaient sur les parois de la gigantesque caverne bétonnée.

– ... vous prendrez le premier bateau demain matin et vous ne remettrez plus les pieds sur cette île. Vous avez ma parole.

– Ça nous va, dit Adrien.

Méline s'aperçut que l'albinos tournait la tête dans sa direction.

– Où est la clef ? demanda Moon Kan.

– Il faut reformer le cercle, déclara Sem.

– Quel cercle ?

– Il faut retrouver le 5, le ramener à l'intérieur du triangle. On aura la clef à ce moment-là.

– Arrête avec tes chiffres, sinon tu vas finir directement dans le bassin ! s'énerva le Taïwanais. Et je te promets que personne n'ira te repêcher. Où est la clef USB ?

– C'est la Chose qui l'a, répondit Adrien.

Ce dernier ne quittait pas Méline des yeux. Moon Kan s'approcha de l'albinos et lui serra le col :

– Qui appelles-tu la Chose, petit ?

– Un super héros à la consistance rocailleuse doté d'une force surhumaine.

Le Taïwanais poussa brutalement Adrien au bord du bassin, en déséquilibre.

Gwendoline cria.

– Cesse de plaisanter avec moi, demi-portion. Je perds patience.

Adrien fit un signe de la tête en direction de Diego et de Méline qui se servit du colosse pour se soustraire à leur vue.

– C'est lui, la Chose.

Moon Kan Yun-Fa le laissa se rendre auprès de Diego. Le jeune albinos se pencha sur le corps de son ami et fit un signe de la main à Méline. Elle comprit qu'il lui réclamait la clef USB. Elle la sortit aussitôt de sa poche et la posa devant le nez de Diego. Adrien la ramassa.

– La clef ! s'exclama Sem.

Moon Kan téléphona. Un Asiatique avec des cheveux aussi longs que ceux d'une fille et vêtu d'un costume de soirée identique à celui de Moon Kan rappliqua avec un ordinateur. Il sortit la clef de son étui étanche, la brancha sur le portable et vérifia qu'elle contenait bien les données qui avaient été dupliquées.

– Ils ont copié tout le dossier, commenta l'homme.

Moon Kan s'adressa aux jeunes :

– L'ordinateur dans lequel vous avez volé ces données nous indique qu'elles n'ont été transférées qu'une fois. Vous n'avez donc pas de double. Et vous n'avez pas eu le temps de les recopier à partir de cette clef. L'affaire est donc classée.

– Pouvons-nous regagner le fort ? demanda Adrien.

– Je vous ai donné ma parole.

– Et France ? Et Laurent ?

– Vous allez les rejoindre.

Il ordonna aux deux soldats de reconduire les jeunes à leur dortoir. L'homme aux cheveux longs se retrouva seul avec Moon Kan.

– Tu les laisses partir ?

– Je leur ai donné ma parole que je les ferais ramener au fort, qu'ils prendraient le premier bateau demain matin et qu'ils ne remettraient plus les pieds sur cette île. Je ne vois pas pourquoi je ne tiendrais pas ces promesses, Tran.

Un large sourire se dessina sur le visage de l'homme. Moon Kan lui mit néanmoins les points sur les i :

– Débrouille-toi simplement pour que le bateau et ses passagers n'arrivent jamais au port de Cannes.

54.

Lorsque Sem, Adrien, Gwendoline, Diego et Laurie furent déposés au fort, il ne restait de l'hélicoptère que le rotor et les pales. Les travaux continuaient dans la nuit autour du puits et sur le toit du bâtiment endommagé. Les karatékas étaient vivement mis à contribution.

On déposa Diego sur son lit. Le coup qu'il avait reçu lui garantissait un sommeil profond et un réveil migraineux.

Ni France, ni Laurent, ni même leur hôtesse Ninon n'étaient présents. Les cinq adolescents se retrouvèrent seuls dans les dortoirs dont le silence contrastait avec la forte activité à l'extérieur.

Laurie fila prendre une douche chaude.

– Qu'est-ce qu'on fait ? demanda Gwendoline.

– On fait comme Diego, répondit Adrien.

– Tu penses vraiment qu'ils vont nous laisser repartir ?

– S'ils avaient voulu se débarrasser de nous, ils nous auraient jetés aux requins, non ? Sans la clef USB, on ne représente plus de menace.

– On sait des choses quand même.

– Tu parles, on n'a vu que des fichiers en chinois. Et puis tu crois que Moon Kan prendrait le risque de tous nous supprimer pour un trafic d'ailerons ?

– C'est ça le problème, souligna Sem.

– Quel problème ?

– Je ne trouve pas logique que Moon Kan déploie autant de moyens pour protéger son commerce.

– On tue bien pour de la drogue, dit Adrien.

– Son trafic d'ailerons cache quelque chose de beaucoup plus important. Quelque chose qui explique les meurtres, le désossement d'un hélicoptère et la rénovation de bâtiments en une nuit ou même l'existence d'un immense aquarium à requins sous l'île Sainte-Marguerite.

– C'est la mafia taïwanaise, argumenta Adrien. Ces types n'ont aucune limite. Comme les Colombiens.

– À ton avis, Sem, qu'est-ce qu'ils cachent ? demanda Gwendoline.

– Je ne sais pas encore. J'ai trop de données en tête.

– Bonne nuit, les experts, dit Laurie en grimpant sur son lit.

– Elle sera courte, dit Adrien.

55.

Un bruit dans le dortoir.

Adrien alluma sa lampe. Un visage apparut dans le faisceau de lumière.

Il cria :

– Méline ! Tu m'as fait peur.

– Désolée.

– Ils t'ont retrouvée ?

– Méline ? s'exclama Gwendoline.

Le cri d'Adrien l'avait réveillée, elle et Sem. Méline leur répéta la conversation qu'elle avait surprise entre Moon Kan et celui qu'il nommait Tran. Elle avait ensuite regagné le fort à pied et s'était glissée discrètement dans le dortoir.

– Ils vont saboter le bateau, conclut Adrien.

– J'en étais sûr, dit Sem.

– Pourquoi feraient-ils ça ? demanda Gwendoline.

– Moon Fun de Mes Deux ne prendra jamais le risque de nous laisser déblatérer sur son compte, résuma Adrien.

– Qu'est-ce qu'on décide ?

– Nous monterons quand même sur ce bateau. Nous ferons comme si on ne savait rien. Et Méline nous repêchera en canot.

– Où je vais trouver un canot, moi ?

– Dans leur hangar à bateaux.

– Où sont Laurent et France, au fait ?

– On ne les a pas encore revus.

– Si Méline ne réussit pas à nous secourir, qu'est-ce qu'on devient ? s'inquiéta Gwendoline.

– On nage. Diego l'a bien fait.

– Je ne sais pas nager, dit Sem.

– Sheffer t'a envoyé sur une île sans t'apprendre à nager ?

– Tu peux pas apprendre cette nuit ? fit Gwendoline.

– J'y suis jamais arrivé. Progresser dans du liquide, c'est trop compliqué pour moi…

– Il y a des gilets de sauvetage sur le bateau, dit Adrien. Il faudra juste vérifier qu'ils sont toujours à bord avant de quitter l'embarcadère.

– Diego, il va bien ? s'informa Méline.

– Laisse-le dormir. On a de plus en plus de mal à le contrôler.

– Demain, ça ira pour lui ?

– Demain, tout dépendra de toi.

56.

Le réveil fut tonitruant et le dortoir envahi par les 49. Diego émergea dans un état catatonique. Pas de douche, ni de petit-déjeuner. Ils rassemblèrent leur paquetage. Les costumes d'Halloween furent confisqués.

Tran attendait dehors. Ses cheveux longs flottaient dans le vent. Il ressemblait à Moon Kan Yun-Fa mais en plus beau. Peut-être était-il son fils.

– Dépêchez-vous, cria-t-il, la navette va bientôt arriver.

La cour du fort était à l'identique de la veille. Toute trace de l'atterrissage de l'hélicoptère avait été effacée.

– Où est Ninon ? lui lança Adrien.

– Qui ?

– La femme qui s'occupe du centre.

– Ce n'est plus ton problème.

– Où est Ninon ? demanda à son tour Gwendoline.

– Elle est clouée au lit par une très forte migraine, ça vous va ? On se passera momentanément de ses services.

– Et nos accompagnateurs ?

– Ils sont à l'embarcadère.

– Vous avez tout prévu.

– C'est la base d'une organisation bien gérée.

France et Laurent les attendaient en effet sur le quai, surveillés par trois soldats. France était éteinte, Laurent très amoché. Les hommes de Moon Kan avaient essayé de les faire parler. En avaient-ils dit plus que leurs élèves ? L'apparition de la jeune brigade diffusa un peu de lumière sur leurs traits tirés. Les adolescents éprouvèrent un pincement au cœur et une impérieuse envie de regagner la Citadelle.

Le bateau était en vue. Il s'amarra lentement sous les embruns et dans les vagues. Le pilote fit tomber une passerelle sur le quai. Il n'y avait personne à bord à part lui. Heure matinale, saison hivernale, temps exécrable, rien n'incitait à effectuer la traversée.

France, Laurent et les cinq adolescents embarquèrent en se précipitant vers les coffres censés contenir les gilets de sauvetage. Ils étaient vides.

– On ne peut pas prendre ce bateau, déclara France.

– Tu crois qu'ils vont nous donner le choix ? lui rétorqua Laurent.

– Je te rappelle que Sem ne sait pas nager.

– Il s'accrochera à moi, dit Gwendoline.

– Ce bateau est notre seule chance de quitter l'île vivants, affirma Laurent.

– Quel est l'intérêt si c'est pour mourir noyés dans quelques minutes ? objecta France.

– Méline viendra nous secourir, murmura Gwendoline.

Elle leur exposa leur plan.

– Où est Adrien ? s'inquiéta France. Je ne l'ai pas vu monter.

L'albinos était encore sur l'embarcadère. Il se tourna vers Tran.

– Et Méline ? demanda-t-il au Taïwanais.

– Nous ne l'avons toujours pas trouvée. Nous vous enverrons votre amie dès que nous aurons mis la main dessus.

– Qu'est-ce qui nous prouve que vous n'allez pas la garder ?

– Pourquoi on la garderait ? Je déteste les ados.

– On ne part pas sans elle.

– Désolé, mais vous prenez cette navette comme prévu.

L'insistance de Tran pour qu'ils embarquent confirma à Adrien que le bateau était bien piégé.

– Ne t'inquiète pas, ajouta le Taïwanais. Nous n'avons aucun intérêt à vous avoir à nouveau sur notre dos.

Tu parles.

– Bon retour, déclara Tran en lui tendant sa main.

Un comble.

Adrien accepta de la lui serrer :

– Tant que votre air sinistre n'est pas contagieux.

– T'es un petit marrant, toi.

– Chacun ses défauts.

Adrien monta à bord.

Le bateau quitta l'île avec sept passagers et un homme d'équipage.

57.

Ils inspectèrent l'embarcation dans les moindres recoins.

– On cherche quoi exactement ? demanda Gwendoline. Une bombe ?

– Tout ce qui peut être susceptible de déclencher une avarie, dit Laurent.

– C'est quoi une avarie ?

– Des dégâts.

– On n'a qu'à cuisiner le pilote.

– Il y a des chances pour qu'il ne soit au courant de rien. Il est dans la même galère que nous.

Adrien regarda l'horizon voilé par l'averse et estima qu'ils se trouvaient à mi-distance de la baie de Cannes.

– Il devrait se passer quelque chose maintenant, annonça-t-il.

À la proue, Sem campé sur ses deux jambes était ballotté par une mer furieuse. Son esprit divaguait entre une multitude de nombres censés représenter un dessin qui manquait de couleurs.

Ailerons, Puits de carbone, Marées noires, Zones mortes.

Un « Clang ! » assourdissant remonta des entrailles du bateau qui changea brusquement de cap pour dériver à la perpendiculaire de son trajet. Le moteur hoqueta dans un tintamarre infernal. On aurait dit que l'on jetait des plaques métalliques dans une broyeuse. Le bruit d'acier se transforma en grincements et en claquements comme jaillis de la forge des Enfers. De violentes secousses projetèrent les passagers vers l'avant. Sem faillit basculer par-dessus bord.

Le moteur se tut après avoir hurlé.

Le bateau pencha à tribord et sombra lentement.

Adrien vit le pilote plonger.

Une explosion fit gronder le pont. Elle provenait des cales. Le bateau s'embrasa comme une torche géante.

– Sautez ! hurla France.

Ils se jetèrent dans une mer froissée par le vent et irisée par les flammes.

Adrien et Laurent furent les premiers à refaire surface entre deux vagues.

Laurie et France émergèrent à leur tour, serrant Diego qui s'agitait.

Gwendoline sortit la tête de l'eau quelques secondes plus tard.

– Où est Sem ? cria-t-elle à pleins poumons pour couvrir les crépitements du brasier.

Elle l'avait perdu. Sem n'était toujours pas remonté.

Tout proche d'elle, Adrien s'étouffait, crachait, moulinait des bras.

– Où est Sem ? lui demanda-t-elle.

– Quoi ?

– Où est Sem ?

– J'en sais rien, dit-il en se débattant pour ne pas boire à nouveau la tasse.

En quête de Sem, Gwendoline ne vit pas venir une vague qui faillit l'avaler. Un goût de pétrole dans la bouche et l'incessant ballottement à la surface lui donnèrent la nausée. Autour d'eux, la mer brûlait.

– Sem ! appela-t-elle désespérément.

Elle nagea vers les autres qui essayaient de se regrouper à l'écart de la tornade de feu. Personne n'avait vu le jeune autiste.

Gwendoline plongea à sa recherche sous les eaux rugissantes, le long des flancs d'acier incandescents. Elle remonta pour reprendre son souffle, replongea, remonta, replongea, remonta enfin avec Sem, sa bouche collée à la sienne. Revenu à l'air libre, Sem toussa, paniqua, écrasa la tête de Gwendoline qui lui plomba un uppercut pour le calmer. Elle le saisit par le cou, l'étranglant presque, et le maintint à la surface avec l'aide de Laurent.

Un bruit de moteur attira leur attention.

– Méline ? s'écria Adrien.

Deux hors-bord s'arrêtèrent à l'approche du siphon géant qui engloutissait la colonne de feu. Le pilote, équipé d'un gilet de sauvetage, fut repêché. Les secouristes contournèrent ensuite le brasier en direction des autres naufragés pour déverser sur eux des seaux de sang. Ils libérèrent le contenu d'un filet traîné par leurs canots avant de repartir en direction de l'île Sainte-Marguerite.

Adrien n'eut pas le temps d'imaginer ce que renfermait leur filet car il devait lutter contre les vagues et éviter les débris du bateau qui menaçaient à chaque seconde de lui fendre le crâne.

France et Laurie soutenaient Diego. Pour combien de temps ? Le monde liquide, froid, incendiaire et tumultueux dans lequel on l'avait poussé était sur le point de le submerger. Sa boîte mentale prenait l'eau de toutes parts. Le visage de Laurie, tout près de lui, constituait l'ultime balise. Sa bouée de secours, aurait dit Anton Sheffer.

Laurent cherchait en surface un morceau de structure pour s'y accrocher. Mais tout était en fusion. L'incendie allait réduire en fumée ce qui n'avait pas déjà coulé. Il repéra le safran du bateau qui flottait étrangement, puis en vit un deuxième, ce qui était impossible...

C'étaient deux ailerons.

Un troisième...

Les hommes de Moon avaient libéré sur le lieu du naufrage des requins de l'aquarium clandestin pour s'assurer qu'aucun rescapé ne regagne le rivage à la nage. Laurent préféra ne rien dire pour ne pas affoler les autres. Surtout ne pas paniquer.

– Regardez ! cria Adrien.

Il désignait une grosse motomarine vert pomme pilotée par une jeune fille au crâne tondu. Elle leur fonçait droit dessus.

– Méline !

Elle s'éclipsa momentanément derrière un mur d'eau avant de réapparaître, triomphante.

– C'est tout ce que t'as déniché ? grogna Adrien lorsqu'elle fut à portée de voix. Comment tu comptes nous ramener avec ça ?

– Ils ont utilisé les deux canots à moteur, je ne savais pas quoi décider, j'ai pris le scooter le plus puissant, un Kawasaki 300LX, y avait pas mieux, il était plus facile à voler qu'un hors-bord de toute façon, fallait pas qu'on me repère, j'ai dû contourner l'île, j'ai une corde pour vous tirer, le moteur est assez puissant, je crois qu'en la plaçant...

– OK, Méline, tu nous sauves ! essaya de l'interrompre Laurent.

Il évalua à deux kilomètres la distance jusqu'à la côte, sentit quelque chose lui frôler la jambe, géra les priorités. Il poussa Diego et Sem sur la selle qui pouvait accueillir trois personnes. Les deux garçons apathiques prirent place dans le dos de Méline qui se mit à crier :

– Un requin !

Son cri trouva des échos chez France, Adrien et Gwendoline.

Laurent noua la corde dans l'anneau qui prolongeait la selle et exhorta France, Adrien, Laurie et Gwendoline à s'y agripper. En vain, car tout le monde essayait de monter sur le scooter qui basculait dangereusement. Méline démarra sur Adrien qu'elle faillit décapiter, redressa l'engin, effectua un demi-cercle pour se positionner face à ses compagnons qui se débattaient au milieu d'une myriade d'ailerons. Adrien la traita de tous les noms.

– Vous alliez me renverser ! se défendit Méline.
– On va se faire bouffer ! cria Laurent.
– Accrochez-vous, je vous tire !
Elle revint vers eux, effectua un virage à cent quatre-vingts degrés pour se présenter de dos et leur lança la corde.
France hurla et disparut sous l'eau.
Elle refit surface dans une nappe de sang. Laurent l'attrapa sous l'aisselle et saisit le lien de l'autre main.
– Fonce, Méline ! commanda-t-il sans vérifier si les autres étaient bien accrochés.
Méline mit les gaz. Trois cents chevaux hurlèrent entre ses jambes. La motomarine s'enfonça dans l'eau et ressortit en vrombissant. Le moteur, à moitié inondé et trop sollicité, cala. Méline redémarra, se redressa et tira sur le guidon en tournant la poignée d'accélérateur à bloc. Le compresseur de suralimentation dopa la puissance dès l'ouverture des gaz, arracha le scooter aux flots déchaînés. L'engin décolla enfin et retomba sur un requin.
Méline corrigea sa trajectoire en direction du rivage cannois, entraînant dans son sillage bouillonnant ses équipiers et des requins affamés. La vitesse de pointe des squales était d'environ cinquante kilomètres à l'heure, celle du 300LX de cent quinze. Elle devait pouvoir les distancer malgré son lourd arrimage. La tempête transformait le trajet en montagnes russes, le scooter fendait les crêtes, s'enfonçait dans les creux, rebondissait sur l'écume, trépidait en l'air avant de ricocher comme un galet.

À l'arrière, la grappe humaine lessivée par les tourbillonnements se cramponnait à la corde qui la reliait à la vie, happait l'oxygène entre deux immersions, crachait l'eau, serrait les poings, fermait les yeux, battait des jambes pour ne pas les perdre dans la mâchoire d'un squale.

La motomarine toucha le rivage à la vitesse d'une torpille, ravina le sable sur une trentaine de mètres et bascula sur le flanc. Méline se retourna sur Sem grelottant et Diego tétanisé, collés dans son dos. Elle vit au loin les secours quitter le port pour se rendre sur les lieux du naufrage. La mer avait englouti le brasier. Ils ne trouveraient que des poissons à sauver.

Éparpillés sur la plage, les autres rescapés se relevèrent lentement. Laurent portait France dont l'une des jambes était ouverte jusqu'au fémur.

Niveau six
LA RÉVÉLATION

58.

France ouvrit les yeux sur Anton Sheffer.

– Où je suis ? demanda-t-elle.

– À l'hôpital. Ta jambe est sauvée. Il faudra envisager de la chirurgie reconstructrice pour que tu puisses à nouveau porter des minijupes.

– Cela t'ennuie ?

– Quoi ? Que tu te fasses opérer ?

– Non, que je ne porte plus de minijupes.

Il approcha son visage pour l'embrasser et effacer sa goujaterie.

– C'est ça, essaye de te rattraper.

– Ce qui m'ennuierait incontestablement, ce serait que tu ne sois plus à mes côtés.

– Même en pantalon ?

– Même en fauteuil roulant.

– Et dans mon pyjama polaire ?

– Non, là, il y a des limites.

Elle voulut sourire et changer de position, mais la douleur l'en empêcha.

– Rappelle-moi de dire à Hartford que les requins sont nos amis.

– Ils sont féroces mais indispensables à l'équilibre du système. Sans eux nous n'existerions pas.

– Les requins sont comme Moon Kan.

– Sans les méchants, les gentils n'existeraient pas.

– Laurent m'a sauvé la vie.

– Méline surtout.

– Ils sont tous rentrés à la Citadelle ?

– Oui. Secoués, mais sains et saufs.

– Comment s'en est-on sortis ?

– Faute de nouvelles, j'ai alerté Lanval et Hartford, puis j'ai pris le fourgon pour venir vous récupérer. J'attendais le retour de la navette quand elle a explosé. Vous avez eu le temps de monter avant que les forces de police ne vous cueillent sur la plage. La version officielle du naufrage pour l'instant, c'est l'accident. Le pilote du navire a déclaré avoir gagné l'île Sainte-Marguerite à la nage.

– Tu parles. Il a rejoint l'île en canot. Il est à la solde de Moon Kan.

– Selon les secours, l'endroit était étonnamment infesté de requins bleus.

– Moon Kan s'est payé la compagnie maritime qui relie le continent aux îles de Lérins. Il lui était facile de mettre un homme de main à la barre, de saboter le navire et de lâcher quelques peaux bleues de son aquarium.

– D'après le pilote, il n'y avait qu'un passager à bord. Celui-ci est porté disparu. Il s'agirait d'un membre de la sécurité de Moon Kan, un certain Alex Beaugrand.

– C'est l'agent de la DGSE dont ont parlé les jeunes, de son vrai nom Thierry Orsini. Moon Kan l'a jeté dans le bassin aux requins et a profité du sabotage du bateau pour transformer son meurtre en accident.

– La chasse aux squales est lancée dans la baie de Cannes en tout cas.

– Cela va donner du crédit au commerce de Moon, déplora France.

– Repose-toi, maintenant.

– Comment as-tu justifié ma morsure de requin auprès de l'hôpital ?

– Tu es une surfeuse téméraire qui cherchait à profiter des grosses vagues.

– Moi, une surfeuse ?

– Une jolie surfeuse qui doit vite se rétablir car j'ai besoin d'elle.

– En attendant, la mission est un échec. Moon a récupéré la clef USB sur laquelle Adrien avait transféré les données. Nous avons risqué la vie de nos jeunes pour rien.

– Pas tout à fait. Il nous reste la mémoire de Sem.

59.

Salle du conseil à la Citadelle.

Les regards convergeaient vers l'écran sur lequel on distinguait Sem dans la pénombre confortable d'une pièce contiguë. Il était allongé, seul, les yeux clos, des électrodes collées sur le front. Un micro pendait au-dessus de lui.

Tous les membres du programme Noé étaient présents dans la salle attenante, à l'exception de France, toujours clouée sur son lit d'hôpital. Le ministre avait éteint son téléphone, Sheffer était penché sur un micro qui le reliait à son fils, Hartford griffonnait des notes sur un calepin en papier recyclé, Lanval perdait de sa raideur au fil de l'exposé de Sem, Laurent était scotché par ce qu'il entendait. Sem venait de leur communiquer ce qu'il avait retenu du fichier *Ailerons* qui se résumait à un trafic juteux huilé par une corruption à tous les échelons administratifs.

– Je peux rapporter ce que j'ai vu dans les trois autres fichiers groupés dans le dossier, mais je ne sais pas si ce sera clair pour vous, précisa Sem.

– Ne cherche pas à interpréter les données, insista Sheffer. Nous le ferons. Dis-nous seulement ce que tu as mémorisé dans ces fichiers.

Puits de carbone.

Zones mortes.

Marées noires.

Paul Hartford expliqua en préambule ce qu'était un puits de carbone :

– C'est le nom que l'on donne aux réservoirs qui absorbent le carbone de l'atmosphère. Ils contribuent à diminuer la quantité de CO_2 dans l'air. Les principaux puits naturels sont les océans, grâce au plancton, mais il y a aussi les forêts qui absorbent le dioxyde de carbone pour ne rejeter que l'oxygène.

La définition ainsi établie par Hartford, Sem évoqua le contenu du fichier informatique : des listes de ports, des projections comptables, des courbes plongeantes menant à l'extinction des requins. Le lien avec le fichier *Ailerons* était clair. Il contenait ensuite une liste de sites à travers le monde rattachés à des dates et à des prévisions météorologiques. Cela commençait avec la Malaisie et l'Indonésie en 1997, l'Amazonie, les Philippines et le Mexique en 1998, puis, à partir de 2003, la Californie et une multitude de pays méditerranéens dont la France, l'Italie, le Portugal, l'Espagne, la Grèce, le Maroc, l'Algérie. Hartford tira vers lui son ordinateur portable et identifia ces zones :

– C'est la liste des plus grands feux de forêts qui ont ravagé la planète depuis près de quinze ans !

– Qu'est-ce que Moon trafique avec ces statistiques ? demanda le ministre.

– La liste se poursuit jusqu'en 2020.

– Comment peut-il savoir à l'avance où se déclencheront…

– En provoquant ces incendies, déduisit Lanval.

– Ce qui est sûr, dit Hartford, c'est qu'une forêt qui brûle devient l'inverse d'un puits de carbone : elle produit du CO_2 en masse.

Sheffer se pencha sur son micro et invita son fils à révéler le contenu du troisième fichier dont le nom requérait, là encore, une explication de la part de Hartford :

– Ce qu'on appelle « zones mortes », ce sont des zones marines déficitaires en oxygène. Les poissons qui les traversent y meurent asphyxiés.

D'après ce qu'en avait retenu Sem, le fichier en question contenait surtout des diagrammes et des photos satellite des mers et des océans. La plupart des clichés étaient tachetés de noir et de gris. Hartford se connecta à Google Earth et essaya de localiser ces taches en suivant les indications de Sem. Il ne mit pas longtemps à comprendre :

– Ces taches correspondent aux zones mortes. Les noires sont celles qui existent déjà. Les grises des prévisions.

– Y a-t-il beaucoup de taches noires ? s'inquiéta le ministre.

– À ma connaissance, il y en a plus de cinq cents, ce qui représente au total deux millions de kilomètres carrés. Soit trois fois la superficie de la France.

– Et des grises ?

– D'après ce que rapporte Sem, les zones grises couvriraient environ 70 % de la superficie des océans.

– Qu'est-ce que cela signifie, Paul ? s'impatienta le ministre.

– Avant de formuler des conclusions hâtives, j'aimerais que Sem nous révèle le contenu du dernier fichier.

Marées noires.

Inutile cette fois à Hartford d'en donner la définition.

La première moitié du fichier répertoriait les plateformes pétrolières dans le monde. La deuxième partie présentait une étude sur la prospection pétrolière en Arctique. Au fil du récit de Sem, Hartford se décomposait.

– Allez-vous nous expliquer à la fin ce que Moon Kan mijote ? demanda le ministre à l'Irlandais.

– Une plateforme pétrolière qui pète, c'est un robinet d'hydrocarbures qu'on ouvre dans la mer. Celle de Deepwater Horizon a déversé en 2010 plus de sept cents millions de litres de pétrole dans le golfe du Mexique. Je n'ose pas imaginer les conséquences d'une marée noire en Arctique, car il serait impossible d'intervenir dans les eaux polaires pour la stopper.

– Nous sommes loin du trafic d'ailerons de requins ! constata Lanval.

– Le finning n'était que la partie émergée de l'iceberg, dit Hartford.

– Mais, bon sang, que cherche Moon Kan Yun-Fa ? insista le ministre.

Hartford résuma la situation :

– D'après ce que vient de nous révéler Sem, les intérêts à long terme de Moon Kan Yun-Fa portent sur l'extermination des requins, l'élimination des puits de carbone, l'expansion des zones mortes et la multiplication des marées noires.

– Dans quel but ?

– Asphyxier la Terre.

60.

Une ambiance étouffante régnait dans la salle de réunion. Les trois derniers mots de Hartford y résonnaient encore.

Asphyxier la Terre.

Lanval rompit un silence oppressant :

– Tu… enfin, Paul, tu n'es pas sérieux !

– Qu'est-ce qui nous est indispensable pour vivre ? demanda l'activiste de Greenpeace. Certainement pas le pétrole, ni le gaz, ni l'or, ni un contrat d'assurance-vie, ni un iPhone ou des hamburgers. La seule chose dont nous ne pouvons pas nous passer, c'est d'oxygène ! Sans oxygène, on meurt sur-le-champ. Et où se trouve l'oxygène ?

– Dans l'air, répondit Laurent.

– Où trouve-t-on l'air ?

– Tout autour de nous.

– Exact. Dans la troposphère.

– La quoi ?

– La troposphère est la première couche de notre atmosphère. Son épaisseur est de plusieurs kilomètres. Je rappelle à ceux qui auraient oublié leurs cours de physique de quatrième que l'air qui la compose contient 21 % d'oxygène et 0,04 % de CO_2. Or, à la lueur de ce qu'on vient de découvrir, le consortium Hanco s'emploie à inverser ces chiffres. Avec le finning qui va éradiquer les requins et par voie de conséquence le plancton et donc l'oxygène, nous avons tiré le fil d'un immense écheveau tissé depuis des années par Moon Kan Yun-Fa. Cet écheveau vise à rayer du globe tout ce qui produit naturellement de l'oxygène et à favoriser tout ce qui émet du dioxyde de carbone.

– Cela nous mène où, Paul ? s'inquiéta Sheffer.

– Au même point que celui où sont arrivés les dinosaures, sans qu'on ait besoin d'attendre qu'un astéroïde percute la Terre et la plonge dans les ténèbres. Le projet Blackzone a pour objectif de déclencher un black-out planétaire.

– Mais enfin, quel avantage Moon Kan Yun-Fa peut-il tirer de la fin du monde ? demanda le ministre.

– Celui qui a le pouvoir de déclencher l'apocalypse détient le pouvoir suprême, déclara Lanval.

– Sauf que lorsqu'on sera arrivés au stade où Moon aura ce pouvoir, il sera trop tard pour revenir en arrière, nuança Hartford.

– C'est absurde, qu'est-ce qu'il cherche alors ? paniqua Laurent.

– Il faut sonder Hanco pour percer à jour le véritable but de Moon Kan, suggéra Sheffer.

– Je parie un pack de Guinness que Hanco investit dans la prospection pétrolière en Arctique, clama Hartford.

Ils convoquèrent Sem et Adrien.

61.

Hartford avait raison : Hanco s'intéressait à la prospection pétrolière.

Mais pas seulement.

Devant l'ordinateur ultra-puissant installé dans la salle informatique de la Citadelle, Adrien naviguait entre les filiales, contournait les sociétés écrans, surfait dans les paradis fiscaux, décortiquait les capitalisations boursières, sous l'œil aiguisé de Sem et les regards inquiets des membres du programme Noé.

Le constat fut rapidement établi que le consortium taïwanais avait pris des participations importantes dans le capital des plus grands groupes pétroliers.

Mais pas seulement.

Les activités industrielles de Hanco dans les domaines de la sidérurgie et du BTP étaient tentaculaires.

– Le pétrole, l'acier et le ciment, énuméra Hartford. Les trois secteurs les plus polluants du monde.

– Quel impact l'activité industrielle de Hanco peut-elle avoir sur l'ensemble des émissions de CO_2 ? demanda le ministre.

– Je l'ignore, mais pour vous donner un ordre de grandeur, monsieur le ministre, les dix entreprises les plus polluantes en France sont responsables d'un quart des émissions françaises de CO_2.

Sem tomba sur un site de militants écologistes qui dénonçait la pollution engendrée par les activités d'Agrico, une holding regroupant des fabricants de fertilisants agricoles. Agrico appartenait à Hanco.

– Les fertilisants sont l'une des premières causes de développement des zones mortes, précisa Paul Hartford.

Hanco était leader mondial sur le marché des fertilisants agricoles.

Mais pas seulement.

Avec l'aide de Sem, Adrien parvint à pénétrer le système informatique du registre des sociétés taïwanaises. Ils découvrirent que, depuis 2000, Hanco avait racheté cinq des huit compagnies dans le monde fabriquant de l'oxygène. Le consortium détenait 72 % du marché international.

Mais pas seulement.

Hanco avait signé une centaine de contrats pour la conception et la réalisation d'unités de séparation des gaz de l'air destinées à produire de l'oxygène à très grande échelle.

Hartford se leva et fit le tour de la salle informatique en se tenant la tête. Ses associés, eux aussi, venaient de comprendre. Lanval exprima à voix haute la pensée de tous :

– Moon Kan veut éliminer l'oxygène de l'atmosphère pour pouvoir nous le vendre.

Niveau sept
SIX

62.

Adrien se hissa sur la pointe des pieds et posa le casque audio sur les oreilles de Diego.

– Écoute ça, mec, c'est du bon son.

Il lui avait téléchargé la BO du jeu vidéo *Call of Duty Modern Warfare 2*.

Diego laissa la musique de Hans Zimmer s'introduire dans sa boîte mentale. Il se balança de gauche à droite avant de s'élancer aussi lourdement qu'un bombardier, les bras tendus comme des ailes. Le colosse tourna autour du petit groupe en imitant le bruit des bombes virtuelles qu'il larguait.

– T'as pas un truc plus calme à lui proposer ? râla Gwendoline.

– Le reggae, ça ne lui rentre pas dans le crâne.

Diego piqua du nez en direction de Gwendoline en bavant abondamment. Sem s'interposa. Diego l'éjecta hors de sa trajectoire. Gwendoline s'écarta de justesse et se porta auprès de Sem un peu sonné.

– Ça va ? lui demanda-t-elle.

– J'ai vu plein de couleurs.

– Et moi, j'avais quelle couleur ?

– Hein ? Euh…

– Fais pas celui qui débarque, tu as essayé de me protéger, là.

– J'ai eu peur que Diego te fasse mal.

– C'est ce que je dis. Tu tiens un peu à moi.

– Hmmm.

– Qui ne dit mot est content.

– Qui ne dit mot consent, rectifia-t-il.

– Tu tiens à moi, hein ?

– Je crois.

– Mais t'es pas sûr.

Il la fixa sans répondre.

– À quoi je ressemble ? demanda-t-elle.

– Comment ça ?

– À quel nombre tu m'associes ? Tu mets des nombres partout.

– À un 3 rouge. Il fait partie du cercle...

Elle l'embrassa subitement sur la bouche. Sem recula par réflexe, sans la quitter des yeux ce qui était déjà un progrès.

Gwendoline souriait.

– Un 3 rouge, c'est presque comme un cœur, non ?

Sem se rapprocha d'elle timidement. Il goûta avec maladresse la saveur moelleuse des lèvres de Gwendoline, comme s'il s'abreuvait à une fontaine. Le 3 rouge se transforma en feu d'artifice dans son cerveau. Il s'écarta en réalisant que les autres les observaient, à part Laurie qui sirotait un Coca sur du death metal en fixant ses bottillons.

Au terme d'un savant louvoiement, Diego atterrit devant la jeune gothique, les bras en croix. Laurie leva les yeux sur le visage rubicond niché dans une gerbe de cheveux blonds. Elle coupa le son de son casque pour lui poser une colle :

– Qu'est-ce qui a un gros aileron et un petit bras ?

Diego regarda ses membres pour vérifier s'il n'était pas la réponse à la question.

– Un requin dans un bassin pour enfants, dit-elle.

– Requin-bras ! s'exclama Diego avant de se lancer dans une improvisation de human beatbox.

Laurie lui enjoignit de se calmer et lui tendit sa canette dans laquelle était plantée une paille.

– Tiens, il en reste.

– Merciii, Lauriiie.

Le colosse goba le contenu, recracha la paille et vocalisa une série d'onomatopées syncopées.

À l'autre bout de la cour, Adrien avait rejoint Méline qui était suspendue par les jambes à une branche d'arbre.

– Tu vas rester longtemps dans cette posture ? demanda-t-il.

– Même à l'envers, c'est dégueulasse, dit-elle en désignant ses camarades.

Adrien ne sut si elle parlait de la façon de boire de Diego ou du baiser entre Gwendoline et Sem. Dans les deux cas, il était d'accord.

– Ouais, t'as raison.

Il alluma sa Nintendo 3DS et décapita quelques zombies au bazooka.

63.

Anton Sheffer se tenait debout à la fenêtre de son bureau. Il observait ses six jeunes patients livrés à eux-mêmes pendant leur temps de pause.

En favorisant les interactions du groupe, il était parvenu à souder ces individualités asociales. La dépendance de Diego à l'égard de Laurie avait poussé la jeune suicidaire à s'intégrer à la brigade et même à tenir un peu à la vie. Sem découvrait ce qu'était une relation sociale grâce à Gwendoline qui était attirée par lui. Contrairement aux craintes exprimées par le ministre lors des tests, celle-ci veillait à la cohésion du groupe malgré quelques dissensions avec Adrien. L'albinos en revanche était en phase avec Méline, surtout dans l'action.

L'union des six adolescents avait été primordiale dans la réussite de leur première épreuve sur le terrain. Ensemble, ils étaient plus forts. Une force qui n'était pas seulement due à leur complémentarité.

Officiellement, ces six adolescents étaient des malades mentaux, admis dans la clinique psychiatrique du bon docteur Sheffer à Nice.

Officieusement, ils étaient des agents très secrets formés à la Citadelle.

Leur première mission s'était soldée par un succès : l'ambition dévastatrice de Moon Kan Yun-Fa et sa menace de black-out planétaire avaient été percées à jour. Le dossier Blackzone sous le bras, Lanval, Hartford et le ministre étaient partis alerter les hautes instances françaises et onusiennes ainsi que des ONG influentes pour stopper la course à l'apocalypse du Taïwanais mégalo.

Le capitaine Baraillé avait rendu visite à Diego qui avait, pour l'occasion, réintégré la clinique psychiatrique. Le policier s'était excusé auprès du jeune trisomique injustement mis en cause. Diego n'avait rien compris aux propos du policier, mais il était resté calme.

Selon le capitaine, l'affaire du double meurtre de la Croisette était sur le point d'être classée. La deuxième victime avait été identifiée, un certain André Villemin, mort de sa passion pour les requins. Avec le passager du bateau qui avait sombré, on déplorait trois accidents mortels depuis l'apparition inexpliquée des peaux bleues dans la baie de Cannes. Les journalistes se penchaient sur la question qui n'était plus du ressort de la police. C'était du moins ce qu'avait déclaré le capitaine.

Anton Sheffer se retourna vers France qui entrait dans le bureau, s'appuyant sur une béquille.

– Nos garnements se dissipent, remarqua-t-il.

– Oui mais nos garnements viennent de sauver la planète.

Sheffer lui sourit et reporta son regard sur ses jeunes patients.

– D'ici, on n'imagine pas combien ils sont extraordinaires.

– Nous avons réussi à leur faire accepter ces fractures mentales qui les rendent si spéciaux. Je crois même qu'ils sont persuadés qu'il n'y a pas de limite à ce qu'ils peuvent accomplir.

– Les occasions de les mettre à l'épreuve ne manqueront pas.

– Tu penses déjà à une nouvelle mission ?

– Je viens d'avoir Paul au téléphone. Il m'a demandé d'interroger un jeune garçon qui a été placé en asile psychiatrique et prétend avoir rencontré le diable.

– Pourquoi Hartford s'intéresse-t-il à lui ?

– Il ne m'en a pas dit plus. Mais le diable ne doit pas être très partisan de l'écologisme.

– Tu pars quand ?

– Ce soir.

– Ce n'est pas un peu précipité ?

– On ne se précipite jamais assez pour repousser le déclin de notre chère planète.

– Comment un jeune garçon qui est devenu fou pourrait-il la menacer ?

– Nous en avons sous nos fenêtres qui viennent de la sauver, non ?

– Oui, six.

– Toute une brigade.

Table des matières

L'AUTEUR

Philip Le Roy s'est lancé en littérature à 200 km/h en 1997 avec *Pour Adultes Seulement,* « une bombe textuelle hyper vitaminée » (Le Monde), « l'un des meilleurs polars de ces dernières années » (La Griffe Noire). Son personnage hors du commun, le profiler zen Nathan Love, apparaît pour la première fois dans *Le Dernier Testament,* Grand Prix de Littérature Policière 2005 et traduit dans de nombreux pays. Avec *La Brigade des Fous,* ce n'est pas un nouveau héros hors normes qu'il crée, mais six !
Il vit à Vence, entre mer et montagne, où il se consacre à l'écriture et aux arts martiaux.

Vous pouvez le retrouver sur son site :
www.philipleroy.com

Achevé d'imprimer en France en avril 2012
sur les presses de Normandie Roto Impression s.a.s.
Dépôt légal : juin 2012
N° d'édition : 5602 - 01
N° d'impression : 121447